絵我まりの歌

北岡 政廣

文芸社

目次

1章　絵我まり

研修医まり

ここは或(あ)る医科歯科大学附属病院第８診療室。この日最後の診察が終わってから随分の時間が経っていたが、二人の女医だけが広い診療室に忘れられた時間のように座っていた。そして何十という診療チェアが夢を見ることもなく眠っている。その傍(かたわ)らで——カルテの整理でもしていたのか、冷たく乾いた二人の顔はまだパソコンと対峙し、そのブルー光線に引き込まれ時折まばたいていた。もうガラス窓の外は暗く、その窓と云う窓はみなあやしく鏡のようになり、診療室一帯を多少歪みながらも、奥行き遠近感を持たせ反映していた。その規則正しく並ぶ一枚の鏡に歯科医勿忘草陽子(わすれなぐさようこ)と研修医絵我(かいが)まりの横顔と、肩の下あたりまで伸ばし束ねられた髪が幾分揺れた——。

陽子は口を半ば開けた頬を天井の方に咽元から持ち上げ、フーッと息を吸い又フーッと吐いた。

「終わったわね！……さあ私達も帰りましょう。」

「ハーイ！　先生お疲れ様でーす！」弾けるようにまりが元気よく答えた。

「ほほほほほ、若いっていいわね。絵我先生が羨ましいわ！」

「やーだ、勿忘草先生もまだまだ若いよー！」

今度は二人で笑った。——その笑い声はカラーンとした広い診療室に響いた。が、しかしその笑い声の後を追うように黒い影のような塊が彼女達の背後に膨らみ近づいていた。
窓の鏡達は言った　『何かがいる』と　すると今度は
二人のすぐ手前天井についている照明の明かりがチカチカ　チカチカ
パッパッと消えたりついたりしだした。（二人の周りは、にわかに薄暗くなった——）
８階にあるこの広々とした診療室の窓の鏡達は一斉に又言った　『何かがいる』『ビークワイエット　ビークワイエット～』
「まあ！　いやだ。どうしたのかしら？　……まりちゃん、タマが切れそうだって、あとで報告しといて。この間替えたばかりのとこなのに、もう。」しかし
まりはそれには答えず、何かを目で追っていた——
「陽子先生、アレ……」
「アレって……？」
「陽子先生の後ろの方、先生！　先生！」
蒼白になったまりの姿を陽子は心細く　心細く　首を傾け覗いた。
——「どうしたの！」「後ろがどうしたの？」
と、その瞬間バッと黒い影が陽子の頭上を飛び越へ、まりの足元に落ちた。まりはその刹那、肌の曲がり角のボーダ線の閃光を発した……。

二人の目の前に大きな、そして黒い毛並を逆立てた猫が居る——どこからやって来たのであろう?!　二人のパソコンの画面はもう切られているが、まりと陽子の瞳は緑の目をランと光らせた黒い大きな姿をと

らえていた。窓の鏡は人のように思考し、言った。鏡面は水の面の波のように揺れた——

『どこからやって来たのであろう……？』

『この黒い猫は何者であろう……⁉』

『まさか歯の治療にやって来た……』

『この猫はまさか歯の治療にやって来たのであろうか……』

『オオ！　ビークワイエット　ビークワイエット〜』

アガパンサスの濃紫色の小さな百合（ユリ）状の花花花花花ダンスダンス——７月カレンダー上に咲いているグラフィックからの僅かな光　水滴太い花茎の尖端でそれぞれおどけたアニメのラッパのように小さくつぼんだり開いたり回ったり輪になって足フリフリ手を繋いで咲いている。——仕切り壁に掛けられていたカレンダーのそばを黒い猫は無造作に首を一度ひねりながら歩き見上げた。私もそれに（カレンダーのアガパンサスの愛らしい花々に）目をやった。あと何日かで７月が終わる。７月が終わると——それは月暦はめくられ、８月のフォトグラフィ月日が現れる。カレンダーが12度瞬きした⁉……　１年が過ぎた——。アガパンサスの濃紫色の小さな百合状の花花花花花ダンスダンス——７月カレンダー上に咲いていたグラフィックからの広がり便り光——　……　　　　　　　　　　　　　……　——

「フフ　先生この猫、歯の治療にやって来たのかしら……」

「まあーどうかしら？　ほほほ、でも驚かさんといてよねえ。もうちびりそうになったじゃん！」
「あたし本当に少し失禁したかも……」――冗談とも、本当ともとれる顔立ちのまり。背丈164m　細身の身体（からだ）？　袖口に錆（サビ）色染みを白衣に付けた　髪を首の後ろスミレ色のリボンで束ねている可愛い⁇
35歳独身のまり……
「治療よ、まり先生。」
「ハイ！」
背丈164cm　細身の身体（からだ）？　袖口に黄金色の染みを白衣に付けた
髪を首の後ろスミレ色のリボンで束ねている可愛い⁇　35歳独身のまり……彼女の手は自動人形のように、大きな猫に何やらちょこっと決まり文句のようなことを言いながら紙エプロンを掛けにかかった。黒猫はまりの首筋と、もうひとつ生気のなく若さの遠のいていく髪に相槌を「フンフン」と礼儀正しく返した。
うがい台にのった紙コップに張られた水が無表情に波打ち
窓の鏡達は固唾を呑んで見つめた――
そして「フンフン」と猫がしたように皆一様に相槌を打ち合った――
「この前歯ね。縦半分斜め三角欠けてるわね……レジン。強化レジンでいけるわ。大丈夫、大丈夫よ。でもまずレントゲン、他も診て視よう……。もちろん保険の利く治療よ。でもあなた保険証持って来たの？　……保険証あるの？　それからお金、マネマネマネーマネマネ、この国もお金が時を刻む国なのよ！　お金なくしては暮らしても生きてもいけないんだから……ブツブツ……。いやだわ、そんな目で私を見ないでよ。私は経済のことを言っているだけなんだから――けど今のあなたにそんなことを言ってもねえ。いいわよ、治療しましょ。あなたの瞳、さっき緑だったのに、今は黄金色。ショックだったのかしら！　――そうね、うんうん、毎年５月頃カモミールがいっぱい実家の庭に咲くのよ。りんごの熟れたそれは香（かぐわ）しい匂いがもう胸苦しいくらい！　すると宝石のようなしじみ蝶や真黄色の美しい蝶がいつの間にかそのカミツレの花のまわりにやって来て、私を喜ばせ和ませてくれるの……あなたもきっとそうだわ！　大事な私のお客様なのよね。――」

――猫は首肯（うなず）いた。

「さあて、その隣の歯が又大変！　このもう一つの前歯根っこの方しか残ってないわよ……どうしましょ！」と言いながら――ギワーンとその表面黒ずんだところを削り取っていく――。「処置がもう少し遅れたら、もっと下まで腐って、抜歯ものよ。何とか支柱をたてて、差し歯でいけそう。これも保険適応よ。――」

猫はチェアの上で仰向けになったまま閉じていた緑の目をライト越しに眩しそうに半ば開け、今や観音様のように見えてきたうすピンクのマスクをした凛々しい絵我先生の顔と言葉を見聞きした。

「口をゆすいでいいわよ。両方の歯の神経は相当以前に取って処置してあるわね……」

私は眩むような空間に、絵我（かいが）まりの横顔の片鱗と言葉・息づかい・そのエネルギーが、彼女自身の匂い・美しい裸身と共に数式化され、幾何学的に映し出され、冴え冴えと冴え冴えと熱い胸の高鳴り膨らみ広がり吐息ドキドキ共鳴興奮している可憐な愛のホログラムを見ているように感じた！——

窓に映った黒猫は座りブクブク・ガラガラペッと何回も口をゆすぎ、安堵し一息ついた。

まりは♫マネマネマネーマネマネ、アア～♫と又、アバの歌を軽く口ずさんだ——　——

「勿忘草先生トイレに行ったきり戻ってこないけど、大丈夫かしら？　もう随分の時間よ、まさか倒れている　なんて　くも膜下出血？　そう云えば顔色悪かった　もうだいぶ年だから　それはやばい　やばいぞ　そんなことは……でも、どうしたのかしら——」

「何がやばいの？　もうだいぶ何なの？」

「ワーッ！」驚いて、飛び上がるまり——スミレ色のリボンと髪の束が楕円を描いて夜の空に舞った——

ネオンの彩りが黒猫の瞳に飛び込んだ。

「ビックリした！——いつの間に？……もートイレに行ってくると言って、ズーッと長く戻ってこられませんでした。どうなされたんですか？　随分の時間だったんで、もうめっちゃ心配したんですよ——。くも膜下出血で倒れているのでは？　とか、面倒な事から免れる為に私を置いて行ったんじゃあ……？　とか思ってしまいました。先生まで私を驚かさないでくださいよ。もっとも治療が終わってからそんな風に色々思った不安ですけれど……。とにかく先生おしっこ長過ぎ――。」

「まりちゃん　ごめんごめん。トイレで眠ってしもうたのよ。きっと疲れていたのよね……」

「え〜うそでしょ〜！」――「この大学病院の建物はアールデコ風のかなり古い代物で、トイレはみんな和式のはずですよ。どこに座ってまどろんでたんですか？　どこに？」

「ちょっと壁にもたれて、そうちょっと休んでいたら偉い眠っちゃったみたい……」

「先生はトイレの花子さんになるつもりなのですか？　私は先生を尊敬しているんです。女医がそんなものに転職なさらないでくださいよ。」

「このところ夜寝つきが悪くて睡眠不足なのよ。立ったままマネキンのように眠ったのね。マネキンってどんな夢を見るのかしらね。私はロマンチックな甘い物語（ストーリー）と哲学的なエロティックなものが交じった夢がいいわね。」

「陽子先生、勿忘草先生、大丈夫ですか⁉　やっぱ頭ＣＴスキャナーしてもらいましょう――　……」

「ほほほ　大丈夫よ。ちょっと…いやだいぶか眠ってしまっただけよ。」

「信じらんな〜い。やっぱ私を置いて行ったんだ。でも時間が経つにつれて、やっぱそれは薄情者のすることだ、あかん！　と思い直して引き返して来たんだ。」
「そんなことするはずありません。」
「ウフフ冗談　冗談　冗談ですよ。私に偉い心配かけたお返し――」
「もー可愛く無いんだからー。ホホホホホ　ホホホホホ。」
「でも陽子先生の頭、やっぱ絶対撮ってもらいましょうＭＲＩ。」
「あなたと一緒にね。」
「まあ！」
セピアに輝く窓に姉妹のように笑う二人を見て、黄色い三日月は黒猫にウインクした――黒猫はぴんと上げたしっぽの先を丸め、両手を軽く広げ、緑の目を大きく開けるゼスチャーでそれに応えた。――

「陽子先生、これでどうでしょう。――だいぶ時間かかったけど……」
窓の外の風景を見ていた猫は、まりの方に顔を向け、ほんの軽く口を開け、イーと歯を見せた。
「まりちゃん、これはどう云うこと！　継ぎ目が全く分からない！
色も完璧、本物の歯とレジン歯の色同じ。しかも美しくしっかりと貼り合わされて一本の歯に、前歯になっている。レジンの充填修復技術完璧よ！……ここまでくるともう芸術ね!!」
「先生、褒め過ぎ！」
「いやいやいや、研修医のあなたがこれ程の仕事をやるとは。これは超名人のなす技よ……」

「もう勿忘草先生褒め過ぎ！　褒め過ぎです。何も出ないから――」

そして取(と)り繕(つくろ)うかのように、こんなことを言った。

「猫が、こ、この猫ちゃんが私に言ったの――」

――鏡達はみんな聞き耳をそばだてた！！！！

そしてそれらの窓は三日月までが身を乗り出し黄色く光る顔を覗き込む――　――私は思った。「どこの馬の骨か、海のものか山のものかも分からぬ、はたまた妖怪・化猫の類(たぐい)やもしれぬこの黒猫が、研修医まりに何を言ったのか？」

「そうよ、何をあなたに言ったの？」勿忘草も続いた。

不思議の国のアリスのように目を大きく見開いて、まりは語った――黒いpants(パンツ)に白衣姿のアリス、いや絵我まりは顔を紅潮させ、初心(うぶ)な少女のように口を開いた。

「上目づかいで、じっと私の目を覗き込み、その緑色の瞳がこう言ったの――あなたを心から信じています！　あなたがやりたいように、好きなように、納得のいくように、あなたの持つすべてのデータと、医療知識と医療知識以外をも含めたデータとパーソナリティーを持って、常識だけにとらわれないあなた自身の良識に基づいた（個々の）患者(わたし)が本当に求めるものを誠意を持って、出来るだけオリジナル的な治療をしてください――と……。」

私は黄色い月に照らされた窓際に映る猫に言った――

『君はそんなことを言ったようだけどね、彼女はまだ研修医なんだよ。医師免許はあるといっても、それは、……君の言う事は危ないな！』
猫は首肯き、しっぽをピンと上げ私の方を見た。
『研修医であっても私個人が、私が治療してもらう場合は絵我先生でいいと言っているんです。……』
『よく分からないなあ、ファンなのか？　彼女の。』
『まさか』と緑の瞳は笑った――
黒い猫は私の方角線上の上をいっそう歩き近づいて来た――。そして私の前に立って言った。
『私は絵我先生が大学を卒業して、いや医大ではなく、彼女20代前半或る経済大学を出て就職し、５年だったか６年間だったかＯＬをしていた頃に会ったことがあるのです。彼女は黒いスーツを着て勤務していました――』

「心から信頼していると言ったのね？」
「そうです。口で喋ったんではないんだけど……」
「アイコンタクトなのね。」
「さあ、それは……？」
「フフフ、それで――」
「それから歯垢を取って、ついでに研磨剤無しの歯の研磨もしちゃいました。もちろんレントゲン室につれて行って撮影――これが360度写真です。みんな先生の指示なしで私の判断で、だって先生トイレ行くって言って……」
「ホホホホ　いいのよ。猫があなたにあなたの判断でするように頼んだんだから。それにみんなちゃんとやってるわよ。でも、何でもいいから分からないことがあったら聞いてね……」　姉のように言った。
「ハイ！　ありがとうございます。勿忘草先生。」
「治療するにあたって何に気をつけたの？」
「色々です。その前に今回の患者は問診の出来ない特殊なケースでした。それで問診の必要性、大切さ、重要性をかえって、いえ改めて思い知りました。先生が普段から患者が色んなことを教えてくれる一番の先生だと言われていることです。実感しました。」
「ホホホホ　あなたはいい生徒ね！　相互の信頼感を築く上でも患者の目線で、患者の身になって話を聞き、又説明することが大切ね。」
「ハイ、そう思います。レントゲンに映ってない隠れた何かがあるかもしれないと疑(うたぐ)る権利を簡単に放棄する勇気などいりませんわ！」
「今回はアイコンタクトでそれをコーディネートしたのね？」
「私にはそうとしか――」
「それで実際治療し始めて気を使ったことって？」
「ああ、色々なんですが……忘れないように口に溜まった唾液を時々は、タイミング良くバキュームで取ることはもちろん、……やはり忘れないように患者さんに声かけ（どうですか？　とか、これでどんな感じ？　など）をしたり、場合によっては手鏡をお渡しして見てもらう。又、うがいをしてもらい、一息いれてもらう。そんな時私も背筋を（患者さんに見えない死角で）伸ばさせてもらうと……うふふ！
――でも何と言っても、今回は大きく欠けた歯とレジンの貼り合わせ充填修復に関しては相当神経を使いました。本当大変だったし、かなり時間もかかったように思います。前歯があれだけ大きく欠落しているので、やりがいがありました。レジンを乾かす青白く光る紫外線に私の持つ時間帯が引っぱられ、その光の場が私が瞬（まばた）きするごとに時間経過が引きのばされ、その速度が増し、その時間の持つエネルギーが私を動かしている実感――フフフ　ワクワクしながら仕事しちゃいました。それから、これをプラモデル作りにだけはしまいと思いました。これは医療の仕事よ！　と、始めから気持ち・精神に肝に銘じて言い聞かせ治療をしました。うん！」
不思議の国のアリスのように目を大きく見開くまり
自前の黒いパンツに、袖口に錆色染みを付けた白衣姿のアリス、いや絵我まりは顔を紅潮させ、初心（うぶ）な少女のように目と口を大きく開け言った――
「陽子先生、この下の歯、この右の犬歯見てください――」
「え、まだ何かしたの？　猫だのに犬歯だなんて、ホホホ……」
「ハイ、猫が言うには、その糸切り歯は問題ないんだけど、その奥隣りの二つの臼歯間の隙間が大きく空いていて、食べかすがめっ茶詰まるので、そこにレジンを詰めて欲しいと言うんです。」
「それは無理よ！　いくらなんでも、隙間が大きいと云っても、そりゃーぶっとい糸が通るかもしれんけど、見た目では歯同士くっついているように見えるのよ。虫歯で、一本の歯に穴を開け治療してそこにレジンを詰めるのとは全く違うわよ。歯と歯の間に詰めるなんて聞いたことないわ。それにもう一つ決定的とも云える大きな問題があるわ、片方奥の臼歯のクラウンの方——相当以前どこかで⁉　治療したみたいね——すでに金属（メタルクラウン）でかぶせてあるから——あなたも知っているように金属にレジンは付かない。手前片方の臼歯にしか付かない——せまいから、はさまるように定着し付くかもしれないけど——後で欠け落ちるかも——それに歯茎と詰めたレジンのほんの僅かな隙間に雑菌がたまり——臭いが出やすくなるかもね、皆かもねだけど——。」

「でも先生、これだけズレて空いていると、食べ始めてすぐに大きな物が詰まるし、その隙間の下の歯茎へのダメージを長く受けていると歯茎自体をも痛めると思います。」

「でもね、診たところ今歯槽膿漏なんかの兆候はわずかしかないし……」

「現に猫は食物が詰まる不快感、そしてそれを取るプロセスなどのストレス、それからやはりそこの歯茎が——粗い食物が挟まったままギシギシ噛むんで、ズキズキすると言うんです。」

「しっかりかぶせてある奥歯の金属を取って新たに付け直す時期じゃないしね。」

「うまくいっても、いかなくても試して欲しいと言いました。」

「ちょっとレントゲン見せて——うーん、やっぱりこれには隙間は出ないわね。フロスは通したのよね？　それで相当空いていた？　そう……。まりちゃんそれ貸して、そっちの新しいフロス、私がやってみる――私としては……やらない方が、え？　何？」
「いえ、もうやってしまいました――」
「えー⁉」
「だって陽子先生トイレに行ったきりで、その時戻ってこられなかったんだもの……」
「嗚呼！」
「それにうまくいかず、猫ちゃんの云うようには機能しなければ、詰めたレジンを除去するのはたやすい事だと思いました。案外いいかもしれませんよこの提案。」
「まあね……今回は応急処置と云うことにしときましょう。」
黒い猫は話す二人の女医の方に片方手を上げ指を出しV(チョキ)を自分の顔の横に作った――
「まりちゃん、この猫まねき猫なのかしら⁉　何かしてるけど？」
「ふんふん何、何、ハハハ、そう！　うんうん。陽子先生、この猫(こ)ね、バッチリ！　だって言ってます。フフフ、アールヌーボー式レジン歯！　それからこのポーズまねき猫じゃあなく、Vサインのつもりなんです。」
「まあー、また私はてっきりまねき猫とばかり……」フーッと吹き出しながら一度黒猫を見たあと、女医は言った。
「患者が治療法を提示するなんて、前代未聞ね――！」
「それからこうも言ってました。いえ今ではなくて先程の治療する前、直前の時ですけど——指導医や教授らには、その事に関して伺(うかがい)を立てないでやって欲しい。責任は全部自分（猫）が取るから——って。」
「へー！　指導医と云うのは今の場合私の事ね。」
「それに詰め方、詰めたレジンの型のイメージや長さ・厚さ・幅など、ああだこうだと自ら指示してくれました……フフフ、パルテノン神殿の柱をイメージして欲しいとか、アールヌーボーのつるがどうとか——」
「まあ、大変だこと！　ここは美術学校？　ここは病院なのにね。まり先生ご苦労様でした——」
「いえいえいえ、とても楽しいお仕事でした！——90分程があっと云う間(ま)に過ぎ——それにとても勉強になりました。」
「あなた若いのに人間が出来ているじゃないの。」
「いえ、滅相もない。これも先生のご指導の賜(たまもの)ですわ。それに私も若い娘(こ)から見るともうおばさんなんですよ。」
「ホホホホホ、それにしても注文の多い患者さんね！」
「私は素敵な患者さんだと思いますわ！……もっとも保険証と治療費持ってきたらの話ですけどね——」
まりの顔を見た猫は思わずゴホゴホと咽(む)せて咳をした。
「まあ、歯科にしてもどの医療にしてもだけど、私ら医者は患者さんの病気、その不幸を糧とした生業(なりわい)で成り立っていることを肝に銘じとかなくてはね。もっと患者さんに対して謙虚に接しなくてはね——」
「先生、そうだと本当に思いますわ……往々にしてその関係が逆になっているんじゃありません。もっとも病気を治してもらうので、患者さんは礼を言い感謝をする。でも医師がそれで上に立ってはいけないんです。病気を治させてもらうと云うぐらいの気持ちをいつも持たないと――。患者が頭を下げた以上に医師はその何倍も何倍も頭を下げなくては、フフフちょっと言い過ぎたかな……」

「絵我先生の言うとおりよ。でもね、よく言われることだけどやはり患者さんは、まあ大袈裟に言えば、医師に命を握られているように思ってしまうのね。それはある程度仕方ない気持ち、立場だろうけど、そんな風に思われないようにしなくちゃあねえ……」

まりは「そうそう」と相槌を打った――

「医大はお金かかり過ぎ。小学校から全ての大学卒業まで基本的には授業料無料にすべきよ。それに医師の社会的地位高過ぎだわ。私自身医者だけどそんなの好きじゃないわよ……」

「先生は民主社会主義的な考えなんですか？」

「それは、そのコメントはここでは差し控えましょう。いや私は特別な何々主義というものは持ち合わせてはいないわ。特に政治的な思想に関してはね。それに指導医が研修医に政治的なことを今これ以上深く言ったら歯科の指導医は失格よ。それにね、私の実家歯医者さんなのよ。だからあんまり偉そうなこと言えないわね――」

「へえー、フフ私の実家もそうなんですよ……」

「今医師不足なのに歯科だけは医師が余り溢れ、飽和傾向にあるのよ。」

「ふうーん、そうなんだ……」

「ところで、あなたが歯科大に入ったのは随分してからの歳からだと聞いてるけど？」

「私の実家は小さな田舎町の歯科医院なんです。母は大分歳いってきたし、一人娘の私にその歯科医院を継いでもらいたいくらいはわかるんです。別に病院を継がなくても、自分のやりたい仕事をするのよと、私が10代の頃からよく言ってくれていたんだけど、母子家庭なんです。だから今度は私が恩返ししなくちゃと思うようになったんです。——もうじき故郷に帰ってお母さんと二人で、お母さんを助けながら仕事が出来るんです。」

「そうなの！……よくここまでがんばったわね。学業大変だったでしょう。」

「陽子先生よく聞いてくれました。もう、それは……ワァー、聞くも涙、語るも涙——フフフそこまではいきませんけれど、まず入学するのが色んな事で苦労、その後もこの歳での勉強ですから想像つくでしょう。うふふ物覚え記憶力が落ちてきてるし——。それから先生、学費と生活費が相当きつかったんですよ。医科系の教科書の高いことったら、食費なんか、かなり切り詰めて、でも私は奨学金なしでいけましたから、まだ恵まれている方です。ＯＬ時代の預金が多少有りましたし、実家からも少しずつだけど援助してくれましたので、風呂付きの１ＬＤＫのマンションも今もルームシェアすることなく一人でなんとか借りているんです。でも平日の夜、土日祝日の昼間などよく色んなバイトしました。おかげで夜ぐっすり眠れましたけど、疲れて本読みながら、いえ勉強のことですよ——眠っちゃって課題のレポート書けなかったりはしょっちゅう。今はバイト土曜くらいです。」

「研修生に支払われるお金少しだから今もやっぱり大変でしょう。」

「でも歯の治療させてもらって、しかも陽子先生の指導受けてお金もらえるんですから本当有り難いです。それに何より楽しいです！　来年卒業だし、それまではなんとかお金もつでしょう。まあいやだ他人事みたいだわ——フフフ」

「ホホホホホ、私の娘に聞かせてやりたいわね。あなたのそう云った苦労話。あの娘ったらね……」

「いえ、私は私がやりたい事をしているだけなんです。私の恥ずかしい話なんか言わないでくださいね。子供って親に他の子供と比べられるの嫌なもんですから。——きっと娘さんいいところがいっぱいあるはずですよ。それを言ってあげてくださいね！　だいたい私の欠点や悪い性格の方、先生に話してないんですからね。——勿忘草先生、どうですか、私もだてに歳とってないでしょ。少しは大人になったでしょ！」

「ウフフ　色々問題はあっても、とにかく患者さんに感謝され、お礼を言ってもらえるこんな有り難い仕事どこにあるでしょうね！」

「そう、そうですよ勿忘草先生！　やった！——」

顔を紅潮させた絵我まりは初心な少女のように思わず弾むような大きな声を上げた——

セピア色の窓の鏡で眠る黒猫は月に頭と頬をなぜてもらっていた。が、ハッと緑の目をあけ我に返った。
「次は差し歯ね。型は取ったから、そうねえ出来上がるのは１週間から10日くらいかかるわよ。ハアー、君来てくれるよね？　予約しなければいけないの、いつにする？」
幾分色気のある溜息をし私達の場を引き付けながら、ＮＯネイルの爪、美しい指先からは塩素系の消毒液の臭いを微かにさせながら、壁に貼られたカレンダーを指さし、スッピンに近い顔で黒猫の顔を覗き込んだ——
私は眩むような空間に、絵我まりの横顔の片鱗と言葉・息づかい・そのエネルギーが、彼女自身の匂い・美しい裸身と共に数式化され、幾何学的に映し出され、冴え冴えと冴え冴えと熱い胸の高鳴り膨らみ広がり吐息ドキドキ共鳴興奮している可憐な愛のホログラムを見ているように感じた！——

追加の文　エピソード１

「まりちゃんどうしたの？　急に小刻みに歯ガチガチ鳴らして、それに立ったまま両足共に貧乏揺すりして、体も微妙に震えてるんじゃあ？　具合悪そう。落ち着いて……」
「先生、私ずっと我慢してたんです！　先生トイレからしばらくずっと戻ってこられんかったんで、私一人だったので……先生がやっと来られてホッとし。忘れてたんだけど……」

「何を思い出したの？」

「又、急にさっきよりもひどく‼　もう下腹パンパンなの‼」

「昼食に何か悪いもんでも食べたのかしら？」

「ちがうの、もうだめ‼　おしっこもれそう‼」

「まあ。大変‼　なんでもっと早く言わないの。」

「だって先生次から次にと色々聞くんだもの。それで私も神経がそっちの方に向いて忘れてたんだけど、やっぱりうわあ、やだ！　やだ！　もうだめだめ‼」

「まだ、だめよ。しちゃあ‼　こんなところで。」

「ハイ〜‼」

「いいわね。」

「うわッ、うわッ、もうだめだめ、本当にだめだわ！　失礼しまーす——」

「トイレは近いわよ。そう、あっちあっち、そら走って‼　いや、骨(コツ)盤底筋(バンテイキン)一度ギューッと締めてからよ！」

「ハイ‼　ハイ‼　まり行きま〜す‼　うわあ〜〜‼」

叫びながら絵我まりは疾風のように飛び走(さ)った——

指導医陽子は入り口扉をバターンと勢いよく開け廊下に変な格好のまま走り行くまりの後ろ姿を見えなくなるまで心配そうに見ていた。そして自分に言い聞かすようにこう言った——

「間に合えばいいけど……」と。又、こうも呟いた。

「神様にお願いしよう！　……間に合うか、間に合わなくっても少しちびったくらいで済みますように！　でも例え最悪なことになっても、決して決してこの事は誰にも話さない。口外しない。だから安心して……」

シーンとしてあまりにも広い空間にカチカチコチコチと秒を刻む音が、陽子の頭と身体の周りを回りはじめ、そしてそれは心臓の動きに変わっていった……。
「もう数分は経っているはずよ。いやだ４分以上過ぎているじゃない……何をしているの？　……うーん……大丈夫かしら、爆発しそうだったけど……まさか……まさかそんな……でももう帰って来てもいい頃よ、遅い遅い……おしっこ一回にこんなに時間がかかるなんて……」
落ち着かぬ様子で時計と、トイレに通じる廊下の曲がり角の隅の方を目を細めて見やる指導医陽子。心配顔のその目をポスターのように壁に貼り付けていた。――が、それから程無くしてまりのこちらに向かって歩いてくる姿が足音と共にちらちらと見え出し、陽子の立っている所に戻って来た。

「お帰りなさい！」
「まり、ただいま戻りました！　先生、私……」

勿忘草陽子と娘

着替えを済ませ帰路についた指導医と研修医は寄り道し、病院近くの大衆レストランでデミカップコーヒーをすすっていた――。

「すっかり遅くなったわね、お腹すいたでしょう。もうじきポークピカタにえびフライもついたのがくるわ。ここの美味しいのよ、イタリアンドレッシングであえた生野菜（サラダ）つき。今日は私のおごりだから遠慮せずに食べて帰って……」

「先生のお宅も母子家庭と聞いていますけど、早く帰らなくていいんですか？」

「いいのよ着替える前に病院から遅くなるから先に食べといてって電話しといたから、それに私んとこは私の両親と同居しているの。歯科医院はもうだいぶ前に閉じたけど両親とも幸いにも何とかかんとか今のところ日常生活が出来る程度には健在なの。私が遅くなる時は母が簡単な食事の用意を娘にしてくれるのよ。娘が自分で好きなもの作って食べる時もあるし、もう19の女子大生なんだから、小学生じゃないのよ。」

「そうなんだ、ご両親と暮らしていたらさぞかし心強いですよね。」

それを聞いている陽子は目は開けていたが視界に何も見ず、自身を見るように僅かに間を置いた――。

「うーん、家賃を払わなくてもいいし、水道・光熱費も私達の分くらいは出すと言ってもいいと言うし、固定電話代もそう、その他経済的な事以外でも有り難いこと色々あるけど、歳が歳だから、……もう二人共高齢もいいとこなのよ。——認知症にいつなるとか、もう色々不安だらけよ。母なんか５年程前、たたみの上でよ、軽くころんだだけで足骨折して大腿骨少しけずって、手術ね。——右足少し短いのよ。まあゆっくりなら外も近場なら杖ついて歩けるんだけど、右のクツ底足の短い分高く設えてあるのよ。肺炎とかの心配とかまだまだきりがないわ！」

「大変なんだ！　やっぱ……」

「私自身この頃疲れやすいし、ちょっと睡眠不足になると化粧が顔にのらないのよ。私が倒れたらどうなるのかと考えるだけで恐ろしくなるわよ。とにかくストレス溜めないようにとは思うんだけど、それもね……」

「でもお金に困らないだけでもいいですよ。」

「そうなのよね、私んとこは経済的には恵まれている方だけど、まだ若い母親の母子家庭の多いことや、多くは貧困に母子共にあえいでいるのを見たり聞いたりするのは胸が痛むわね……何とかならないのかしら？　何とかしたいと、何とか手助けしたいとは思うんだけど——」

「私も他人事とは思えないです……」

「あなたは今はそんなこと考えずに卒業することが大事よ。うふふ……料理が来たわよ。」

「ワアーおいしそう！　湯気あがってる。このボリューム、ご飯なくてもいいみたい。」
「私はご飯も食べるわよ。食べながら話しましょう。聞いてもらいたいことがあるの――いえ、食べて。そう食べながらで――」
とはいえ、しばらく二人はガツガツと食べることに専念していた。
「まりちゃん――」
「ハイ、美味しいです。とっても。ご飯も食べちゃいます。」
「あのね、まりちゃんだったら娘の気持ち多少わかるかも、娘の立場で考えられるかもと思うんだけど、別に比較するんじゃなくてよ、ちょっと相談というか、聞いてくれる？」
「わたしで、よければ、聞く、ぐらい、なら――」口でモゴモゴしながら答えた。そして食べていたライスを飲みこんでから「でも先生の娘さん19になったばかりでしたっけ、私はその倍程の歳のおばさんですよ。」
「何言ってんの、あなたはまだ20代に見えるわよ。私なんか本当やばい程の歳なのよ。更年期障害や、それからそろそろいやもうすでに始まっているかも。エストロゲンホルモンの消失などと直面している正真正銘のおばさんなのよ！　ババシャツだって着てんだから――」
「ハハハハハ、もう先生笑わさないでください。ククク苦しい胸詰まった、ゴホゴホ、うんうん、うーん、私だってババシャツぐらい着ますよ。今は着てないけど、寒い季節には温かいし、ゆとりがあって、肌触り着心地よくって、下腹まで丈があるもの。私よりもっと若い娘だって着てますよババシャツ。結構人気あるんだから。」
「私も夏はめったに着ないんだけど、そうなの。——あ、そうそう娘のことなんだけど、高齢出産だったから娘との歳がかなり離れている所為(せい)もあるかもしれないんだけど、一体何考えてんのか⁉　まず髪を真っ白に染めてんのよ！　私、近所の人なんかに恥ずかしくって……真っ白よ！　想像つく？」
「まあ、驚き⁉　寛容があって国際的視野で物事を心で見る先生らしくない。何色に染めようと、そんなことで人の目を気にするなんて？」
「そうよねえ……それで何か世間様に申し訳無い事をした訳でもなしねえー、ほんの少しクリームがかった白かなーうん、そうよねえ……」
「そうですよ、娘さんその事に関しては何も悪いことしてませんよ。」
「うん、私もそう思う。そうだと思ってきた！——」
「私の或るエピソードを話します。参考になるかどうかわかりませんけど……先生にとって。」
「是非聞きたいわ。遠慮なく話して——」
「今は私黒髪が好きですけど、高校の一時期、その頃定時制に通ってたんです。１年半ぐらいかなあ髪を真っ赤に染めてたんですよ！　その頃友達(みんな)から赤毛のアンだとか赤毛のマリって呼ばれてたんですよ……」
「赤毛のマリって、フフフ信じられないわ！　冗談言ってんのよね——」

「私も今考えるとよくあんな……と思うんですけど？　今だったら絶対出来ません、外出られません、絶対。」
「お母さん何て言ったの？　それ見て――」
「私の真っ赤な髪を見て最初少々驚きはしたみたい。それからまず赤毛のまりちゃんて呼んだんです。その程度の事では賛成も反対もしないんです。いずれ又、黒髪に戻すだろうと確信があったんだと思います。とにかく母が私に常々言っていたのは“人の道に外れたことだけはしないように”と云うことでしたから……」
心深げに勿忘草陽子は大きく何回か首肯（うなず）いた――。
「すみません、私先生にえらそうな事言ったかもしれません。そうだったら……」
「何言ってるの、そんな事ないのよ。感心しているの！　ついでにもう少しカウンセリングしてちょうだい、お願い――」
「カウンセリングだなんて、そんな……話を聞くぐらいと、私の10代後半の頃の恥ずかしい体験でよければ――」
「それと、まりちゃん自身の考えよ。こう思う、ああ思う、ああだこうだと遠慮なく言って、お願いね。」
「娘さん歯科大に行ってるんですか？」
「それがね、聞いてよ。小学生の頃はね、ママのような歯医者さんになるのってよく言ってたのよ。それがいつの頃からか高校生では、はっきりとやーだ歯科医なんて、私は違う仕事に進みたいって言いだしたの……」

「それで何学部に行ってるんですか？」

「心理学部⁉　もうガッカリよ。別に歯医者がいやならそれでもいいんだけど、私はあの娘に学校の先生に、小学校でも中学校でも高校でもどれでもいいんだけど教師になって欲しかったのに……その大学卒業しても教員の免許取れないみたいなの――」

「社会科系統の教員免許取れないんですか？」

「そうなのよ、おかしいでしょ。一度学校によーく問い合わせて確かめようとは思ってるんだけど、多分だめだろうとは思う。小学校は間違いなく取れないわ。まあ例え教員資格があっても教師にはまるでなりたいとはこれっぽっちも思ってないみたい。じゃあ何になりたい？と聞いてもはっきりしないのよ。……」

「私も学部こそ違うけれど似たようなもんでしたよ。どっか金融関係に就職出来たらぐらいでしたから――」

「あの娘はそれすらないのよ。もっともまだ一回生だけど。それから大学の勉強あまりしてないみたい。学校からの通知ではこの時期に最低取らなくてはいけない単位半分も取れてないって、学校の勉強もろくにしないで週４日夜バイトしてんのよ。せっかく大学に入ったんだから、花の女子大生なんだから、有意義な学園生活を送ってくれるだろうと期待していたのに。部活で何かスポーツをして、中学はソフトボール、高校もソフトボールしていたのに、今何もスポーツせずにバイトよ。２回生あたりで海外留学させてあげようと思ってたのに、卒業すらこの時期で危ぶまれているの。ああ、どうしましょう！　やっぱり母親だけと云うのはむつかしいわねえ——。お金出すからバイトやめてその時間英会話習いに行ったらって言っても、いいって言うだけ。今はボーダレスの時代、広い視野を持った国際人に育って欲しいんだけど、海外留学いいと思ってるんだったら人に押しつけないで自分で行ったらいいじゃないママが——私は興味な〜し、だって言うのよ。どう思う？　可愛げないんだから！　せめてちょっと考えてみるとか考えさせてぐらい言えないのかしら——」
「ウフフ、娘さん言うじゃないですか！　いっそ先生今からどっか海外留学に行ったらどうですか？　先生腕いいんですから、世界最先端口腔外科の研究の為に欧米のいずれかの大学病院に——」
「よしてよ、あなたまで……ホホホ、そんな情熱今の私にあると思う？例えあったとしてもカラダと脳細胞ついてかないわよー。それに年頃の一人娘と年老いた両親置いて行けませんよ……」
「ごめんなさい。冗談ですよ、冗談。それで娘さんは先生の事どう思ってるんですか？」
「尊敬してないことは確かよ。これは自信持っていえる——」
「先生そんな事に自信持たないでくださいよ。それはとりあえず先生の独特な高度な国語的な言い回し、謙遜の仕方と解釈しておきます。それから先生は娘さんとごく身近に暮らしているのでやはり近くで見過ぎていると思います。絵を描く時のように、対象やカンバスから時折少ししりぞいて目から離して見なくちゃと思います。」
「ホホホ、あなたこそ独特な高度な国語的な、フフ心理的な言い回しね、おもしろい人ね！――有り難うそう言ってくれて、尊敬はしてないことは確かよは、あなたに敬意を払って、とりあえず取り消すわね。ただ私の言うことはあまり聞いてくれないのは事実で否めないのよ。そう言うとあなたから、何でも私の願うことを娘にして欲しいんですか？　と言われそうね……」

「私が言うことをよくおわかりですね。さすがは勿忘草先生ですわ……」

「ホホホ、あなたもだてに歳をとっ……」

「え！　何ですって、よく聞こえませんわ。ええ？　まあーフフフ。」

「いやあなたは見かけよりしっかりしてるってことよ。」

「ハイ、有り難うございます。見かけよりはですけどね、フフ。」

「本当に娘は私の言うことは近頃あまり聞いてくれないんだけど、ママ大好き、体には気をつけて！　とはよく言ってくれるのが救いかも――」

「素敵な娘じゃあないですか！　一度会ってみたいな――。先生は幸せ者ですよ！　キュートなハートを持った娘だわ、きっと。」

「そうかしら？　いやそうはみえないわ！　どうせ私が病気にでもなれば家が大変になって、学校の授業料出してもらえなくなるかもと、そんなところよ。」

「私はそうは思わないですけど、例えそれでもいいじゃないですか、先生に頼ってくれるなら、可愛いですよ……それで何で髪を真っ白に染めたのかお聞きになったんですか？」

「ああそれは判っているの――」
「えー判ってらっしゃるんですか⁉　私はまた……それを何故先に早く言ってくれなかったんです？」
「ごめん、気付かなかったの。１年生の時から卒業するまで部活はソフトボール部だったんだけど、２年生時分からちょくちょく軽音楽サークルにも顔を出すようになって、とうとう女子４人組でバンドをやるようになったのよ。その時分から髪を染めたかったみたい。でもその高校がそれを、髪を染めることを禁止していたの。卒業後もバンド活動続けているんだけど、その関係流れで今髪の毛真っ白なのよ――。ね、こんなこと聞いてもおもしろくないでしょ、だから……」
「え～！　先生、本当なんですか？　ラッキー！　お願いします是非私を娘さんに紹介してください。ファンになりますから。――先生私ね、ずっと前から、中学生の頃からかなあ、うふッ本当言うとバンドやりたかったんです。と云うか、母には直接言わなかったんですが、歌手になりたかったんです。」
「ええ～、あなたが？　音楽好きだったの？　そう云えばなんかよくわからない歌のようなものを時折口ずさんでるわね……」
「いやだ、聞こえてましたの。ハハハ……そうなんです。しかもバンド組んで、ボーカルやりたかったの――」
「へえ～、本当に！　今も？」
「いえいえ、今はまったく。ハタチ過ぎてからはそんな夢みたいな事眼中にありませんわ。それに十代の頃から私が歌でも歌おうなら、それを聞いた回りの人達が笑うんです⁉」
「どうして？」
「そうでしょ。どうして？　と云う感じなのよ⁉」
「あなたいい声してるわよ！」
「本当にそう思います？」
「鈴のような声と云うのとは大分違うけど、マリちゃん低い声も高い声も両方出るように聞こえる。私の好きなカレン・カーペンターやスザンヌ・ヴェガーに近いんじゃないかなあ？『イエスタデーワンスモア』や『青春の輝き』をあなたが歌うと、又、カレンとは違ったまりのさわやかで、それでいて胸にぐっとくる歌が聞けそうよ！」
「ワアー、陽子先生やっぱりいい人。見るとこはちゃんと、いえ、聞くところはちゃんと聞いてるんだから！……でもね、先生は私の歌ちゃんと聞いてないから、そんな楽観的な推測するんだわ。」
「まりちゃん御世辞じゃないわよ。」
「うん、有り難う。今から言う事、誰にも言わないでね。」
「ええ！　でも何？　顔が怖そうに少しひきつってるわよ。」
「やはり十代の頃から気付いた事なの。自宅の庭で、時折その頃の流行りの歌謡曲や童謡、学校の音楽の時間に習った歌などを歌ったりしていたの」
「私も自分の部屋や時には庭でも歌ったわ。それで……」
「歌うと、飛んでいる蝶や色んな虫が聞いてくれるんです。」
「いいわねえ……」

「でも私の歌を聞いていた蝶が突然落下する事があるんです。他の虫達も一時的に気を失う事があるんです。」
「まさか⁉　あなたの歌を聞いた為？　そんなことって……」
「或る日自分の部屋で声も高らかに歌った時なんか、部屋の片隅の暗い所に潜んでいたゴキブリが、それも数匹驚いて明るい場所にあわてふためき現れて、とうとう痙攣して六本の足を天井に向け頭の触角の二本の毛をダラッとさせたまま気絶したのよ。」
「まさか⁉　あなたの美声を聞いた為？　そんなことって……」
「でも、一時的よ。歌がやんで、ものの数十秒もすれば、又、息をふき返すの。死ぬ訳ではないの。ウフフ……。母はそれを見て、まり、あなたはあまり歌を歌わない方がいいと言いました。特に、大きい声で人前で歌うのはつとめて控えなさい、と。でも、私は本当は音楽は大好きでしょうがないの！　聞くのも大好きなの。」
「あなたの歌、まりちゃんの歌一度聞きたいわ！　いつものハナ歌じゃなく、ちゃんとしたものを是非聞かせて。いいわね、約束よ。」
「ええ、いいけど。それは危険かも……」
「何言ってんの、もっともっと危険な事って、この世にいくらでもあるわよ。歩道歩いてたって、自動車飛び込んでくる時代よ。今日本は戦争がないだけましだけど、何かのはずみで戦争になるとも限らんわよ。もう、そんな事に比べるとそのまりちゃんの言う危険なんて、どーって事ないない。ホホホホ、それに虫ですらまりちゃんの歌聞いてまあ一時的に気絶しても、死にはせんかったんでしょう？　責任は私がとるわ。ドラムの音のすごさ知ってるでしょ？　それに比べたらあなたの声よほど静かで、きっと優しいよ！　あなたの心のように……！」

「先生‼」

「いいのよ。こんなことで、泣いたりしてどうするのよ。あなたいくつなの、あ、いや、これは失言。悪い意味じゃあないのよ。――ほら、周りの人こっちを見てるよ。……いやだ私があなたを泣かしてるみたいじゃない。」

そう言うと陽子は「クックク……」と笑った。

「先生‼　本当いい人ね。」

「今度、家に遊びに来て……是非娘にあなたを紹介したいわ！　おもしろそう。あなたと娘のコラボ⁉」

「え～！　先生本当なんですか？　ラッキー！　お願いします是非私を娘さんに紹介してください。ファンになりますから、ライブするんですか、――ではチケットもらってくださいね。いえ、チケット代金は支払いますから。」

「プロを一応目指してるとは言ってるけど、まだまだアマチュアもいいところと本人が言ってるぐらいだから――ライブハウスと云っても小さい所だけど、私（ママ）が見に、聞きに行ってもいい？　と聞いたら、来てもいいけど、出来ればもっとうまくなってから見に来て欲しいと言うからまだ一度も行ってないくらいなのよ。」

「そう云うまだ有名になってないバンドグループの方が私はいいんだ

けど。是非会ってみたいわ！　友達になろーうっと――やったー‼　私の知り合いにバンドグループの娘いるっていいわ！――先生、もー――全然娘さん問題などないじゃないですか⁉――それで娘さん何を担当しているんですか？　ボーカルとか、ベースとか――」
「ああ、それはドラムよ。そーそー、その練習の為に電子ドラム一式セット私に相談もせず黙って買ったのよ。――まあ！　ビックリ！　それが高くてね、分割払いなんだそうだけど20数万円もしたみたい。私に頼らず自分で働いて買おうとする心意気はいいんだけど、それもバイトに精を出している原因の一つなの。見かねて半分お金出してやったけど、でもね学生なんだからやっぱり学業を第一にして欲しい……、あなたにこれ以上そう云う事言っても無駄のようね。私に同調してくれそうにないわね。――」
「うふふ、先生何故電子ドラムなんですかね？」
「私も同じことを聞いたのよ。なんでも、これだと音をほとんど外に出さないで家で練習出来るそうなの。本物のドラムはそれはものすごい音らしいのよ。振動もハンパじゃないらしいって言ってた。私んとこはまあ閑静な住宅街だから、４人そろっての練習は電子ドラムじゃない、普通のっていうのかしら？　ドラムが置かれてあるスタジオをみんなでお金を出し合って、週１、２回借りて使っているって言ってたわね。――」
「先生、私10代の頃のことをお話ししてもかまわないでしょうか？」
「ええ、是非聞かせて――」

「……私14歳の時家出したことあるんですよ。」

「まさか、まりちゃんが！　うそでしょ……」

「いえ、本当、本当なんですって、とにかく小さい頃からやたら母が厳しくて、私に手を上げた時もあるんですよ。まあそんな時は余程私が悪かった時だけですけど、しっかりした人間にちゃんと育てなくてはと、母子家庭の母一人で必死だったんだと思います。当時は反抗ばかりしていて、母とケンカをした時なんかは母の事をおばはんとか、お前呼ばわりしてました。」

「えー！　あなたが？　想像もつかないわ！」

「今は違いますよ……」

「当たり前よ。そんな……」

「家出の時、母子センターに保護されて、母は虐待の疑いをかけられ、『その時は死ぬような想いだった！』と、今でも時折、まあ今は笑いながら言う時があります。それから――」

「それから――」

「高校は進学校に通ってたんですけど、或る事で停学になって、母が学校に呼び出された時、母は学校側に何でこんな事で停学にするのか？　薬をやった訳でもなし、盗みや友達をいじめたのでもなし、いじめられた友達をかばったあげくの騒動でもみ合ってる時に、いじめた側の複数何人かの生徒の一人が軽い怪我をし、いじめを黙認同然の先生に馬鹿やろうと言ったんだと聞いています。教育者、先生とはどう云う事をする人でしょう……勉強だけを教える人でしょうか、又いじめを半ば黙認し、規則だらけを押しつける人なのでしょうか、進学校だからそれでいいのでしょうか、もっとずっとずっと魅力のある職業だと思われますが！——娘の言葉遣いは不適切だとは思いますが、今のこの学校にこれ以上通わせられません。こんな学校こちらからやめさせていただきます。最後の言葉！　これは私の言いたかったセリフなのに、まあ私もそれに関してはこの学校窮屈で、異存は無かったので、結局その後（あと）すぐに定時制高校に編入したんです。高校卒業するのに全日・夜間合わせて４年かかりました。——陽子先生聞いています？」

「聞、聞いてますよ。あなたのお母さんすごい方ねえ！」

「タバコも高校の時吸っていて、母を泣かせていたんですよ。」

「タバコはダメよ。本当に。あれは毒よ。アルカロイド系の有毒、百害あって一利無しよ。それに自分以外の人にも迷惑かけるもの、絶対にダメよ。ブツブツ……」

「ただグレはしなかったの。だからスケバンに誘われても、ハッキリ断りましたよ。グループ組まないと何も出来ないような人間になりたくなかったもの。」

「そうよースケバンにならなくてよかったわ！　まりちゃん……」

「14から20（ハタチ）近くまで母に反抗してきたように思います。ずっと母を苦しめてきたんです。——その間それでも母は、反抗期の間でも、ずっと後で人に聞いた話なんですけど、色んな人に、私のことを自慢の娘だ。誇りに思っているって、言っていたらしいんです。……」

「ふうーん……」
「ひどいでしょう私って。母の白髪の多いのも私の所為なんです。まだまだ親不孝のエピソードありますけど、聞いてますよね先生。」
「もういいわ！　もういいの、もういいのよ。――もっと私も怒ってばかりせず、娘の言うことを私の尺度ばかりで計らず、例え私には理解出来そうにもない、理解不能な事でも耳を傾けるようにするわ！　それでいいよね！……」
「やっぱり私の尊敬する勿忘草先生だわ！」
「ホホホホホ、有り難う。やっと又尊敬してもらえるようになったわね。うん、私はあなたのお母さんを尊敬するわ！　女手一つで、あなたをこんな立派ないい娘に育てたんですものね！……」
「ワア！」
「よし、これからはもっとあなたのお母さんを見習って、びしびし、キビシク指導していくわ！」
「ええー！」
「もちろん愛情を持って、ね。」
「ホッ！」
「愛のムチよね……」
「エー！　先生、今まで通り、今まで通り優しく。今まで通り先生らしく。」

北岡さん

大通りの行き交う自動車（くるま）、幅広の歩道のお喋り、話し声、足早に歩く靴音、肩横に並ぶ街路樹、緋色の風がさっと大きな樹々の葉を構い揺すって、その木漏れ日の上青い空が広がり、ずっと向こうの方まで恋人達の目線の先まで広がり、真夏の筋引く雲がeau de toilette（オードトレーッタ）の色彩を放っていた——。

「オ、オー、今日も暑いわねー。今の私の恋人は仕事。仕事が恋人よ。毎日が経験、勉強ね。今日はどんな人が来るのかしら楽しみ！　でも気をつけなくちゃ！　聞こえない時間の鼓動、ドクドクと聞こえる熱い胸の鼓動——月日があっと云う間に私（まり）の目の前を通り過ぎる。このところ歳いくのが速くなっていくよーう。……『時間よ止まれ！』いやいやこれは無理だわ。本当に止まっても困るし……うん、うん。」
睡眠不足の愛らしい眠い目を、絵のような青い空に指ごしにかざして呟いた。それらは祈りの言葉のように一語一語リーフグリーンに集まる妖精達が高みへ高みへと高いお空に旋律（メロディー）となって持ち運んで行った——。そして、何羽かの鳥が甲高い声で鳴き、人々の頭上を飛び去った時には、もう彼女は道路を渡り切っていた——。

総合受付は２階に10m余りの横一直線に伸びた受付台（カウンター）と、その前をゆったりと人が行き交い出来る広い通路を挟んで、待合室の椅子が縦横にほぼ規則正しく並んでいる。その椅子は固定されていて、50人以上は座れそうだ――。いつも沢山の人が自分の番号紙に印字された数字と名前を呼ばれるのを待っていた。

この総合受付は医療事務関連の業務、特に治療費などの（点数）計算と、明細請求書・領収書を作成し患者の人々から代金を（カード支払いも含めて）受け取るところであった。もちろん初診に訪れる人も少なくなく、その対応にも終始あたっている。女性スタッフが目立つが、彼女達は必要以外の事は口にせず、機械的にと言えば語弊があるので、能率的に仕事を進めていた。

それに対して、８階にある私が今まさに行こうとすぐそばまで来ている広い診療室（20人以上の治療を、一同に診れるチェアの台数と多くの医療スタッフがそろっている）入り口手前にある受付に、いつも一人か二人の受付事務の女性が、数m程のＬ字に曲がったカウンターの手前に座り（立っている時もある）、治療に来た患者を出向え、「こんにちは！」と、帰る時は「おだいじに……」とか、挨拶を笑顔で言うのである。又、今日暑かったでしょう……とか、寒かったでしょう……その他、もう少し複雑な世間話も、顔見知りの患者さんと、差し障りの無い程度にすることもある。が、もちろんそれらがメインの仕事ではない。患者が来ると彼女達は予約診察カードと保険証（同月の２度目３度目であれば提出はいらない）の確認と、それの事務的処理。

その他に治療費（クスリの処方があれば処方せんも含めて）の計算の元となる書類を作成し、その書類用紙を治療をすませ、次回の予約日を決めた患者に預（あず）かっていた保険証と診察カードと共に手渡す。患者は帰り際それを持って、あの２階の総合受付に渡し、お金を支払うのである。つまり、こちら８階の診療受付の仕事は、患者と２階の総合受付との橋渡しということになる。又、患者と診療室（ドクター）との橋渡しもしている。――

この病院での第８診療室（所）正式名称は、口腔外科総合診療所で、手前入り口に配置されている部署は総合診療所８科と呼ばれている。したがって、歯科医（ドクター）・その他歯科衛生士はもちろん、歯科技師や清掃に携わる人々など、ここの全てのスタッフ間ではここを８科と呼んでいる。しかしそれを知っている外来患者はごく少なく、診療室受付、いや、ただ受付と呼んでいて、受付おねえさんもそれを快く承知して対応していた――。

そうそう、もう一つ受付の彼女達がする仕事に電話応対がある。予約のキャンセルや遅れ、治療した歯や歯グキが痛むなどの急な相談のドクターへの取り次ぎなど、昼食や休憩、あまり忙しくない時間帯などの他は二人一組で仕事をしていた。

そうだ、先程も言ったが、ここは総合受付のような型通りの言葉のやり取りだけではなく、もう少し血の通った世間話や、時に冗談を言い合ったりする場だ。次回の予約日を決める時もここの待合室ですることも多い。又、総合受付に比べればまるでこちらは狭いが、それでもここの受付（カウンターと彼女達が座る後ろのスペースの小部屋も含めて）と、その前に位置する椅子が並べられた待合室をたした広さは、一軒の町の歯医者さんの待合室・受付・玄関・診療室・レントゲン室の小部屋、それら全部合わせたくらいはありそうだ。――ただ、しっかりとした予約日時で人々はここに来るせいか、ここの待合室は混んでいることはあまりない。私が行った時誰も待合室にいなかった時も何度かあったぐらいだ。床の定位置に置かれたマガジンラックには、季節遅れのものかと思われる女性ファッション雑誌が幾つも見えた。綺麗な色刷りで、よく見ると若い女性の髪型（ヘア）だけを特集し扱ったものまであった。それと子供向けの絵本が何冊か私の方に可愛らしく顔を向けていた……。それからやはりかなり前の年度の大人が読む週刊誌などが無造作に突っ込まれていた。壁に目を向けると、油絵で描かれた花の静物画が簡素な額に収められ、部屋の空気を見ていた。

――ハアハアと肩と胸で息をしながら飛び込んだ私を乗せると、何か物言いたげにエレベーターは横を向いたまま　正面を向いたまま扉を閉めた。私は少し間を置き、階のボタンに人差し指を近づけながら尋ねた。
「終始出入りする多くの人の流れ、空気の染み……ライティング綾の踊り子達の行方……、真昼のような黄色く乾いた夢からの波長――」
エレベーターはほんの少し考え、ためらったが、
「多くの人の影の移動、その輪郭、時間が夢、空気の流れが色、私の

人生の設計者。」と。
するとエレベーターは、その耳の周り辺りで「ヒュー」っと短く口笛を吹くなり、あっと云う間に上層の階へと私を運んだ――。
そしてエレクトロニクス的な普段顔で扉を左右に軽やかに滑らかに、だが慎重にスーッと開けると
「あなたが音楽!!」と。いや、ちょっとはにかむ顔で言った――。
「僕の声が音楽？」と聞き返すと
「そうだよ。あなたの存在が音楽！」と、この世で極めて存在の軽い私に答えた。
廊下に出ると、有線放送から流れる軽音楽が差し障りのないごく小さな音量で聞こえて来た。扉が閉まりかけた時、一瞬(ちらっと)後ろを振り返ったが――もう急ぐこともせず、息を調(ととの)えながら８科の受付に向かった――。

白いブラウスにジャム柄(いろ)チェックの制服（スカート・ベスト）をきちっと身に着けた色白小顔の受付おねえさんに、私は密かな笑顔の斜線から保険証を渡した――。彼女は垢抜けた都会的なセンスで化粧をし、アラフォーも後半であろうカーブをなだらかに控えめな薄い色合いのアイシャドーに乗せている。やはり笑顔で迎えてくれた。
「こんにちは！」
「こんにちは！　お外暑かったでしょう。」
「ええ、予約時間に遅れそうだったんで、あちこち乗り継ぎの駅から、

今も地下鉄の駅から大分走っちゃいました。汗ビッショリ！」
「ウフフ、そうみたいね。おかけになってゆっくり休んでくださいね。もう少ししたら絵我先生いらっしゃいますから、もう昼食も終わる頃です。」
私の陰の部分を見つめる眼差しで彼女は「——むしろ少し早めにこちらへ着かれたんですよ。あなたの平均時間・平均温度よりも、あなた自身の真空時間が先に通り過ぎた……でも今はト オーン　ダウン、ト オーン　ダウン。」——瑪瑙（めのう）色の模様　アンドロイドのような目をした彼女はこう付け加えた。

——私は何かを見ていた

——

何十階ものビル自体が巨大な鏡となって広く空を見渡していたメトロポリスのビル群——
その現代建築の枠を集めた巨大鏡（クリスタル）に映し出される現代アートを私は顔を上げ歩きながら見ていた
クリスタルの効果を狙ってデザイン・設計された長方体は上へ上へと伸び
ユリやプラタナスの緑の並木やその上を飛び行く鳥達の羽ばたきを
都会の季節の模様と情報社会のシステム形態と方向を
単純明確にモダナイズの色に演出していた
飛行機でさえもその空を泳ぎきるには多少の時間はかかる

天気の良い日はいっそうカラフルにキラメキ　それは美しいと人に思
　わせた
そして陽がかげる時　外の騒音とは対照に人や物の姿(かたち)はうっすらと
暗く深い池のおもてのように静まり
しかもそれは決して池のように波立つことはなかった
巨大ビルはその力強いフォルムとそこに内蔵する拡販経済機能を
そしてクリスタルの美しい効力をアピールする――
私の鏡は広範囲に流れ行く雲をたずさえた広い空をバックに飛行機や
ジェット機まで美しくとらえることが出来ると
さらにキラキラと光を反射しながら光沢のある青い空は近くのビルの
　並びをアクロバット的に並び変え映しながら
画像の風を　整数でも虚数でもない風を計算していた――
私は現代アートを後に時計の円周にそって足早に又歩き始めた……

――病院近く
胸元にセミのブローチを着けた女性が向こうからすれ違うかのように
私のそばを通り過ぎようとした。目はヒマワリのようにお日様の方を
見つめ、繊細な足、青・黒・透明・緑の入り交じった羽、胴体が艶っ
ぽくピカピカと光っていた――
「素敵なブローチですね。この夏の季節にバッチリ決まっています
よ。」
今にも動きだしそうな程精巧に出来ている！

女は恥ずかしそうに微笑んだ——。

私は女性にとって見ず知らずの男だと云う事を忘れていた。

「有り難うございます。私もとっても気に入ってるの……だってこれ本物のセミのブローチなのよ。」

「えー?!　うそー、ハア！　どうりであまりにもよく出来てると思った…動かないけど生きてるの？」

「生きてるはずよ。」

「どうして動かないの？」

「さあー？　今さっき15分もたつかな、この通りを歩いているとザッと樹の葉が枝が大きく揺れる音がしたかと思うと、風と共に何かが飛んで来て私の胸元に止まったの。キャーッ、何!?　何!?　って、感じ！」

「きっと美しいあなたが気に入ったんでしょう。」

「まあ！　お上手ね。御世辞でも嬉しいわ——」

「あなたとそのブローチがあまりにも綺麗だったので、つい声をかけてしまいました。ごめんなさい。……」

「まあ、どうしよう!!　今日は本当に良い日！　顔が火照って、汗ばむけど……」

夏の青い空から日差しを受けながら彼女は目尻をさげニッコリ私の方を見た。

「でもこのセミね、風に煽られた後どこでもいいから近くにしがみついただけ、たまたまそれが樹ではなく私だった。そんなところかな

——きっと疲れているのよ。私を樹と思ってるのかしら？　私は歩く樹で〜すよ〜」
するとその時、まさにその時セミが「ジジ」と一瞬短く短く機械のような音を出した。
「キャ、鳴いたわね……！」
二人は顔を見合わせた——
「鳴いたね……！」
「私達はもうお友達よ。」
「ああそうだね。君とそのセミはもうすっかり友達だね。」
「ああ、何言ってるの？　違う違う。私はあなたと私のことを言ってるのよ。」
「え？　ああ！……光栄です！　僕の方こそ、(……しどろもどろ)」
「うふっ！　よかった！　そうだ、お願いがあるの。この子樹に返してあげたいんだけど触るのちょっと怖いの、取って戻してやってくれる？　昼休みからそろそろ仕事に私も戻らなければいけないし……」
「いいの？　本当に素敵なブローチだよ。そのまま仕事したら——」
「私もそう思うけど、もしこれがあがって来たら、顔まで歩いて来たらどうしようか、それは問題よ！」
「フフフフフ、今さっき鳴いたしね。おしっこして飛ぶかもしれないね。」
「ヤダーそのパターンもあるわね。取って、今すぐお願い早く。」
私は彼女の胸元からセミをつまみ取り、優しくアンダーハンドで夏の空色に解き放した。セミは息を吹き返したかのように、我に返ったかのように空中で突然羽をばたつかせ、ちょっと危なっかしい飛び方をしたが、あたふた旋回しながらブーメランのように戻って来た――。そして私の目の前をすり抜け、彼女の顔に止まった。
彼女は「ウアーアー！」と叫ぶなり、片手でセミを取ったと同時におもいっきり高い街路樹のてっぺんのその上まで放り投げた。そしてこう言った。「Oh my God（オー マイ ゴーッド）！」――セミは青い空に浮かぶ雲のあたりに小さな豆つぶのように翻（ひるがえ）り、月まで飛んで行くのかとさえ思われた。――
「今日は本当に面白い日ね……！　うん、あなたと会えてよかったわ……」
「僕こそあなたとお近づきになれて嬉しいです。それにあなたはブローチなど着けなくても素敵な美しい方だと、今よーく気づきました……」
「まあ、どうしよう！　今日は本当に良い日！　顔が火照って、汗ばむけど……」
真夏の青い空から日差しを受けながら彼女は目尻をさげニッコリ私の方を見た。――

――　……　……
――一年前セミのブローチを着けた若い女性のことを思い出していた――

——

——

「どうかされました？」

「えッ⁉　……ああ、ハイ！」

「何か考え事でも？　その場所でそのまましばらくお人形さんみたいに立ったまま……ウフフ、何度か私、名前お呼びしましたのよ。私も今し方のあなたのようなこと、今の現実(とき)から精神(こころ)が次元の異なる空間にタイムスリップしている事が以前何回もあるので、小声で驚かさないようにお名前をお呼びしましたのよ。でも案の定お気付きにならず、こうしてあなたのすぐ目の前にいるのウフッ、少しビックリしたでしょう？　だけど瞬間あなたの前に来たんじゃなくてよ。先程あちらの受付の所の椅子に座っていたところから、普通に、そうあなたの目のまん前まで歩いて来たのよ。それも気付かなかったでしょ？」

「失礼しました。ボーッとしてたんです。ハハハ、でも、それにしても本当(ほんと)目の前で話しかけられるまで、まるであなたの存在・気配に気付かなかったとは、余程僕は鈍感か、いや、きっとあなたはくノ一だったり！　——」

「ホホホホホ、まあ！　私にそんな素質があったのかしら、そうかしらー。そうそう、これ保険証を先にお返ししますね。診察カードはいつものように治療が終わった後、帰り際に次回の予約月日を印字したものをお渡しするわね。」

「どうもいつもお手数かけて有り難うございます。」
「それで何をうっとりした顔をして、さっきボンヤリ考えてたの？　何物思いにふけってたの？　ちょっと気になるなあ！　あの顔からすると、ハハア、彼女の事ね？　ケンカでもしたの？」
「ハハハハハ、彼女なんてもう相当随分前からいませんよ。」
「でも、あなた独身でしょ？」
「え〜⁉　どうして知ってるの？　僕のこと……」
「だって独り者の顔してるわよ。身なりもそう……」
「あ〜、きっと見窄らしいかっこうしてるのかなー？」
「そう云う意味じゃあなくて、雰囲気みたいなものよ。」
「すごいな〜！　やっぱ、くノ一なんだ。――」
「長年受付で沢山の色んな人を見て（観察して）いるのよ。――彼女の事じゃなくて、一体何を？　余計気になるじゃないの。」
「ああ、さっきはね、初めてまり先生に会った時の事をふと思い出してたんですよ。それがきっかけで、この病院に来ることになったんです。」
「まり先生ちょっと……いや大分かな、変わってるとこあるけど素敵な方でしょ？」
「うん。まあ……」
「うん。まあはないでしょう。」
「そうだよね。或る種とても魅力のある女性ですよ！　これでいい？」
「まり先生にあなたがそう言ってたって、ああ！　魅力たっぷりの女性だって言ってましたわよ。って言っときますよ。絵我先生とてもおよろこびになりますよ！　事によっては、見方によっては、絵我先生難しいところも一面あるんだけど、ああ見えて、シンプルで、そう単純で、純粋な女ですよ。って言ってたって——」
「だめ、だめ、だめ、だめですよ。そんなこと僕が言ったって言ったら——。もう、僕と口を利いてくれなくなったらどうするんですかー？」
「まり先生が好きなのね？」
「ワッ!!　声が大きい、声が大きい！　ですよ。言っときますけどI like herで、I Love herじゃないんですから。せっかく僕のような者でも友達になってもらったのに、友達になってくれたのに……それがパーになったらどうするんですか？」
「ハイハイ、あなたの気持ちよ～～く伝えときますわ。まり先生どんな反応するか楽しみー！　ウフウフ、ウフウフ……」
「あ、あのう何も言わないでください。絶対に何も言わないでください。いいですか？」
「ハイハイ、でも絵我先生からあなたの事何か聞かれたら、その時はあなたの気持ちよ～～く伝えときますわね。」
「ええ、そんな事聞くもんですか、絵我先生が……」
「そうかな～、どうかな～」

「……そうそう、こんな大都会だと云うのにセミ結構鳴いてましたよ。」
「そうでしょう、煩いくらい鳴くのよね。特に午前中すごいのよー！
今頃はまだましなのよ。でも、もう慣れちゃってるからさほど気にしないのよここら辺の人はみんな、たぶんね……。幅広の歩道、並木道、縦長の巨大建物群、ギラギラ・キラキラ空の顔、風の使者、途切れなく走る自動車、１本１本大きな街路樹の横を歩く人・人・人達、でも、子供はあまり見かけないの……、放課後のチャイムが鳴った後でも、今のように夏休みでも、だからここはセミの楽園かも――」
「ビジネスマンやＯＬが汗流してセミとりしませんものね、フフフ。」
「ホホホ、そうだわね。私、セミとりに行ってみようかしら、カゴとアミ持って――。それにセミ食べられるそうなのよ。」
　そうして、アンドロイドのような瑪瑙空の瞳で見つめこう言った……。

建物と時計
時計の針が
十二時をさせば
ブランコは
止まり
建物の外部が
ほんのり
うすくこげた

思想（パン）の色

――アンドロイドのような目で正午の空の鏡から鐘のように聞こえた……　　　　　そして――

どこからか子供達の自然（にぎやか）な声や気配が　一瞬目の裏で見えたように思われた――

「その時は是非僕も連れてってくださいよ。」

「いいわよ。でもあなたはカゴ持ちで、私は木に沢山いるセミをとるわよ。羽が綺麗な大きいクマゼミが最近増えているんですって。」

「ええー、僕はお供ですか？　まあいいけど僕もセミとりしたいな！」

「私が何匹かでもとってからなら、いいわよ。」

――彼女と私が子供のような顔をしてセミとりをしている光景が浮かんだ。

――

「ここの冷房弱めですけど、そのセミの鳴くお外よりはずっと涼しくていいわよ。汗引いた？」

「ええおかげさまで汗は止まりました。けど……」

「けど、どうしたの？　こんにちは！　北岡さん、久しぶりね！　歯垢取りに来てくれたのよね。歯薄くならないように研磨剤無しでの研磨もしてあげるね。そうそう前回治療して被せ直した奥歯の具合はどう？」

「それは申し分ありませんよ。絵我先生又お会い出来て嬉しいです！」

「こちらこそ！　で、けどの後は何なの？」
「いや、その走って来たんで汗いっぱいかいちゃって、汗は引いたんだけど汗臭いかもしれません……すみません、そばで治療なさるのに、まあ今日は治療と云う程のものではありませんけど。」
「まあ、そんな事全然気にしなくてもいいのよ！」
「うふふ、そうよ。」
二人の女性は私を安心させるかのように優しく微笑んでくれた。チェアに座る前から治療が始まっていて、もうすでに歯垢が大分取れたように感じた。
「ドクターと云えど一応女性でしょ、だからそう云うたぐいの臭いはいやがるだろうと、気を使って言ったんだけど——」
「ウフフ、じゃあ今からどこかでシャワー浴びてくる？　その間私を待たせるのかなー。それから一応女性だからの一応はいらないよねー。」
「ハハハ、いやー又汗が出てきました、先生。」
「北岡さん大丈夫よ、それくらいの汗と臭い、本当よ。有り難うね、私を繊細な貴婦人かなんかだと思ってくれたのよね、そうよね。」
「う～ん。そう、そうです、きっと先生のおっしゃる通りです。」
「でも北岡さん、言っときますけど、まり先生は口臭はＮＧ、許さないわよー。見過ごさず、捨てておきませんよ。そうですよね、先生。」
一向にセミとりに行く気配を見せず、椅子に座っている受付おねえさん。

「そうね、歯垢とる時にそれも確認(チェック)しましょうね。フフフ大丈夫よ。で、汗引いた？」
「ハイ、多分……」
「どれどれ」と言いながら絵我先生私のすぐ近くに鼻をクンクン小刻みに動かしながら近づけてきた。そして顔をクシャっとしながら言った——
「うわー、くっさー！」
「え、え〜⁉」
「冗談、冗談、冗談よ。ウフフ冗談よ。」
「あのねー！　先生！」
「絵我先生、北岡さん又汗出て来たみたいですよ。ここの冷房利いてるのかしら？」
「フフフ、大丈夫よ。」——絵我まりは言った。「あのね、汗はこの世で一番最高の香り、匂いよ！　どんなに高価なレアな香水も人の汗の匂いには到底及ばない！　私はそう思っているわ。まあ、汗の程度・量・それにかかわる対人関係、その他諸々の状況にもよるけど——」
彼女は続けた——。
「バラの香水をちょこっと耳元にしのばせる一色さんみたいに、うふふ。それはそれで素敵よ。私だって場合によっては、まあ精々化粧水だけど、顔になじませることもあるけどね。基本私は汗ね。なんてったってフェロモンなんだから！——あッ、引いたな。」
「いえ、そんなちっとも引いてませんよ。ふうんと僕は本当に感心して首肯いただけです。そうですよね、一色さん。」
「そうですよ。でも流石に絵我先生たるところよね！　私なんか化粧でもしなくちゃ、まり先生は地が良いから、まだお若くてお美しいから何もしなくても、汗だけでも充分なんですよ！」
「有り難う。優しい一色さん、充分なフォローと多少皮肉の混じった賛辞。でも、何もしなくても汗だけでも充分は、聞く人によっては誤解を与えるわね。これは削除よ、ＯＫね削除。それに私は普段お化粧はほとんどしないし、もちろん香水などここ何年かつけたことないけど、さっきも言ったけど化粧水くらいは使うのよ……。」
私と色白小顔のおねえさんは顔を見合わせ、首肯き合ってこう言った。
「絵我先生素敵～!!」
　そして、アンドロイドのような瑪瑙空の瞳で色白小顔のおねえさんがこうつけ加えた——。
「絵我先生素敵!!——　オード　トレーッタ!!　オード　トレーッタ!!」

私はたくさんの宝石を持っている！
その宝石箱も宝石で出来ていて
その宝石箱は私の眼なのです——
夜になると閉じられ　起きている間は
いつでも見られるようになっている

この世で最も美しいものは苦悩だ！
それがひとたび輝きだすと
天国までも　地獄までも光は届く
人を盲にさえ　殺傷さえさせる恐ろしい力を持つ　だから
だから私はそれを一番に宝石箱にしまう——

——　　　　　　　　　　　　　　　　——

私は絵我先生の方に顔を向け、じっと見つめた——
「どうしたの⁉　何故私をそんなに見つめる？　いくら私が美人（いいおんな）だからと云って、そんなに露骨に。恥ずかしいじゃない！——」
「いや、そう云う訳じゃあー。先生、微かにアイシャドーが目の下に引いてらっしゃる。普通目の上、まぶた辺りに描くもんじゃ？」
「ああ、これか。これは隈（くま）なんよ！　昨日夜、突如急患が現れて、私と勿忘草先生とで、まあ殆ど治療は私が対処したんだけど、夜遅くまでかかったの……もう、大変だったんだから！　それでだと思う。朝起きたらこのとおりよ！」
「そうなのよ。勿忘草先生その所為（せい）だと思われるんですけど、体調崩されて今日はお休みなさっているんですよ……」——アンドロイドのような目で受付の一色さん。
「ああ、それで今日はまり先生だけが、いつもは二人一組で僕を迎えてくれるのに、——陽子先生大丈夫かな……」

「それに昨日の夜、どこからか真っ黒い大きな猫が迷いこんで来たらしいんです。しかも勿忘草先生とまり先生二人きりの時にですよ。まあ！　大騒動だったんですって。そうですよね、まり先生。電話で朝、陽子先生言ってらっしゃいました。……」
絵我先生はそれに応える代りに、照れ臭そうに隈の付いた目で愛らしく微笑んだ……。
「それで、その黒猫はどうなったんですか？　又、どこに行ったんですか？」
「消えたわよ！　窓から星降る夜空に――」
「ふうーん、大変興味深い話ですね。」
「ロマンチックな話なのよ！」

身の引き締まる思いで診療チェアに腰掛けた私は紙エプロンを掛けてもらった――。薄い色合いのピンク地のマスクを着け、口を隠し、目をしっかり開いた先生の顔はアラビアの清楚な未婚女性を思わせた。
「そんなに大きく口を開けなくていいのよ、うん、それくらいでいいわ。うふっ！　どうしたの？　――そう、リラックスしていればいいのよ。」
――時折下から目を開けると、先生の顔は薄い色合いのピンクのマスクをし、口を隠し、目をしっかり開けた天女が下界を見ながら空を飛び、私を見ているように感じた……そして私が目を閉じ目覚めると、美しい天女は私から去り居なくなるように思えた。もの悲しく、夢のように歯と歯間にとっては心地好い感覚。……——時が流れた——。

—— ——　　　　　　　—— ——

「口ゆすいでもいいわよ。手鏡で見てー。どう？」
「ワアオー！　自分の歯じゃないみたい。すっきりして、色もかなり白くなってるね。 まあ、どうせしばらくすると又すぐに黄色っぽくなるだろうけどね。とにかくすっきりしたよ、有り難う！」
「近年（このごろ）ただただ個性の無い白い歯が流行（はや）っているようだけど、ホワイトニングなど魅力を感じないあなたのように、そんな色のついた野性的な歯も魅力的よ！　でも、今みたいにかなり白くなった歯も健康的で見た目に若々しくって、キレイよ！」
「うん、そうだね。まり先生や陽子先生の歯程ではないけど——」
「うふふ……又、しばらくしたらいらっしゃい。又、来るのよ、私は来年の３月末頃まではここに居るから、あと少なくとも数回くらいはあなたの歯と歯茎のケアしてあげられるわ……」
「有り難うございます。いい先生に巡り会えたと思っています。」
「私も面白い、興味深い人に会えて光栄に思っているのよ。本当よ！……そうそう北岡さんはローリング式で水だけで歯磨きするんだよね。しかも短い時間で、面倒臭がり屋さんなんだから。でもタバコを一切吸わないのは良いわね。それから思ったとおり今回歯垢はあまり無かったわ。１本の竹のつまようじを器用に指つめで裂いて、針のような細いようじをその１本のつまようじから、５本以上作るのよね。以前、実際水に浸した竹ようじを裂くのを見せてもらったけど、私も家でやってみたのよ。ウフフ、まあまあの出来だったわ。使ってるのよ私もそれを——。北岡さんはそれで普段からケアしてるから、歯垢に関してはグーだよ。面白いわねー！」

「先生……」

「うふっ！　いい、歯は誰もが持っている宝石!!　目は美しいもの（苦悩）を見て、歯はそれを食物と共に噛み砕いて磨かれる。魂の底から純粋に磨かれる宝石なの。」

「純粋に僕の歯は輝いていますか？　先生!!」

絵我まり先生はニッコリ笑って首肯いた。そして言った——

「私の方を見て、私のを——違う、誰が隈を見るように言った。私の歯を見て——。私の歯は純粋に輝いているか？　宝石か？」

2章　ＯＬのまり

外回りのまり

銀行の裏口の施錠されたドア（内輪の者でも呼び鈴(りん)を押さなくては入れない）を開けると
上階と地下階段に通じる廊下と小広間が広がり　こぢんまりとした
炊事場・トイレ・職員控室やエレベーターが左右に突きあたり
立派なシュレッダーなどが扉のすぐ近くに、女子行員の綺麗に手入れされた流れるようなロングヘアや洗練された幾本ものネクタイを噛み砕こうとじっと口を開けている
そばには車付きのダストカゴ・消火器などがおとなしく控えていた
そして中央の扉のうちのどれかでも引くと広い銀行ホールが　行員の働く後ろ姿　横顔をとおして一望出来た――
それらの空間は多数の人と多額のお金の軌跡で昼光色と昼白色の蛍光灯に眠る隙も与えない現実的なものであったし　現実(ラビリンス)の入り口でもあった――
向こうの表玄関の方では窓口にそれぞれお客が並び　椅子には自分の後ろ姿を見つめる人々が新聞・雑誌などを手に取り　或いは手を組み名前を呼ばれるのを待っていた
視界の線上には色とりどりのパンフレットが何か私達に無口で語りかけるリズムの色と仕事があった
ざわざわとして絶えず物音や話し声　機械音　人の名前を呼ぶ声　軽

い足音などするが
銀行員の姿勢の低さと丁寧な言葉遣いに宥められてか　全体としてはやかましい感じのするものではなかった
そして私にはあまり縁の薄いお金が出入りするたびに表玄関の自動ドアが平常心を崩すこともなく開いたり閉じたりしていた
一階の天井は高く　壁からは監視カメラが斜めに身を乗り出し
ピーススマイルの子供を覗いていた――
そして金庫室・貸金庫に通じる廊下のドアが奥まった右サイド側に、会議室・応接室・資産運用・信託・不動産部門などのある二階に行くにはエレベーターと階段口が左サイド手前に配置されていた――
行員がコツコツと階段を登り降りする残像が残り、
お客が無口にエレベーターに乗り込んでいる――
現金自動預払機（ＡＴＭ）やオンラインリアルシステム・両替機には私は何を占ってもらおうかな？　金運を占ってもらうのはやめようね判りきったことだから――誰だい？　クスクス笑っているのは人のことを笑えるかな――
カードが見え隠れし　カウンターでは次々と紙幣が隊列をとる
電話機の近く花瓶に生けられた原色の赤と黄色のガーベラの花に緑の茎葉が美しく
その横をベージュのブラウスに青いカーディガンと　膝辺りで揺れる趣味の好いちょっと長めのやはり青系のスカートを身に着けた青い日の女性客が行き過ぎる――

――そうか！　そうなのか！　続編は……と私は思った
大人になった不思議の国のアリスは今度は経済（マネー）の国で迷うんだなと……
（ＡＭ10時）　私は時計を見やり「遅れた遅れた」と呟き銀行を急いで飛び出した―

―（ＰＭ３時）
帰りの遅れた私は時計を見やり「遅れた遅れた」と呟き階段を急ぎ足で登った――
「こんにちは！　ミス・キャメロン・ブロンテ様」

外回りのまり　得意先の休憩室でのこと――

コンピューターの本体が置かれてあるガラス張りの小部屋はその熱で温度が高かった
それに絶えず機械的うなりをくり返し　口からは連続用紙を不連続的に吐き出させていた
そのリズムはソフトの会社の耳慣れたオフィスに何百本もの指があちらこちら順不同にカタカタキーを打つ音と共に
何か人工的な機械的な信仰の裏側の道にまばゆい程に光りながらボソン（光子）の修行師達の目に見えない　見分けのつかない祈りの言

葉のように
何か人工的な機械的な信仰の裏側の道にハッキリとしたサイクルを自覚したとたん音は感覚を失い消えていくものであった
床には並べられた机と汗をあまりかかない椅子に座った人々の間をぬって何十台以上の端末機を結ぶ電気コード線の束が縦横に広い部屋を走っていた
ノイズの広がりと共に時折人の歩く足音　気配　それとなくざわざわと話し声がし　人々の電気と機械の電気が部屋のすみずみまで流れるその静かなインパルスの相互作用をストライプのバージンパルプの用紙に反映させようとして——

私はコード線の束に注意（つまずき）しながら部屋を横切って　廊下を隔てた休憩室の椅子に腰掛けたが
まだ去り切らない波の波紋のように　機械と人との話のノイズが耳に干渉し合っていた
そこには仕立てのいいエレガンスな既製服を着た総務課の女性社員が一人自動販売機のコーラのボタンを押していた
短めのスカートが若い肉体を演出（まぶしく）し　泡立つタンサンが彼女の香りに酔って飛び立っていた
用事を済ませた私はほっとしていた
「こんにちは！　あなたはコンピューターを扱わないの？」
「まあ！　こんにちは……。事務上の仕事ではパソコン使ってるけど私はソフトの開発したりするプログラマーではないわ」
紙コップのコーラが彼女の艶やかな口紅の上を流れた
──「何の鳥かしら？」
私も何の鳥だろう⁉　と思った
幸福の青い鳥でもあるまい──第５世代Ｃから送られて来たのであろうか──
ホログラムのように映像化されたもののように窓のすぐそばを見かけない鳥が飛んでいた。
彼女は窓のところに行くとガラス窓を半分程押し開けた
11階の窓から新しい空気が外の騒音と共に私の胸を圧した
彼女はニッコリ笑った　腕を組んで──
鳥は彼女の頭程あった　うしろを向いて彼女の肩の上に止まっていた
彼女は落ち着いて　喋ろうともしなかった……
ゆっくりと窓辺に寄りそい身体をひっつけて
目さえ閉じていた

鳥はゼロゼロと鳴いた──
こんな都会の汚れた空気のオフィス街を訪れるのはどうしてだろう
……彼女の肩が気に入ったのか疲れたのかじっと止まり
南の国の鳥らしく羽はけばけばした派手な色模様　くちばしは大きく
私の馴染みの薄い大きな鳥であったが
いかにも　もうくたびれた感は　やつれた姿に隠しようもなかった

そうだ……新聞の海外報道写真と記事が思い出された　アフリカ・中南米・その他の砂漠の写真だった
やがて　ゼロゼロと悲しげな顔と口ばしをこちらに向けた
その目には超ＬＳＩでも完全には割り出せない統計とその始末を　不安なメッセージの内容を物語り
私達の心は恥心に襲われる様(さま)——
すると思い立ったように鳥は彼女の肩から飛び立った——その影は私の視野に大きく膨らんだ——
飢えた餓死寸前の南の国の鳥よ　おまえは赤ん坊のひどい病気のような声で
又　どこかに飛び行きゼロゼロと鳴いているに違いない
おまえの目に入力された社会の経済は地球を食べ尽くそうとする
今年のＧＤＰの速報値は何％？
今年のＧＤＰの速報値は何％！

鳥はゼロゼロと鳴いた
アフリカの砂漠の広がりの乾燥地帯(XERO(ゼロ))　乾燥地帯(XERO(ゼロ))
鳥はゼロゼロと鳴いた
zero-sum society　zero-sum society
鳥はゼロゼロと鳴いた
zero（economic）growth　zero（economic）growth

注：XERO（ゼロ）—乾燥
zero sum society（ゼロサムソサエティー）—ゼロサム社会
zero economic growth（ゼロエコノミックグロース）—経済成長がゼロ

外回りのまり　と或る公園で昼食をとる……

グリーングレーに囲まれた小さな公園で　私が一人ベンチに腰掛けコーヒー牛乳を片手に昼食のパンをかじっていると
二つ隣の空いたベンチに放置されている経済新聞を読みに
時折すずめが現れては　又空に帰っていった——
紙面一面にこまかく印刷されている銘柄の一つを　ここぞとばかりつついていたが
買いか？　売りか？　どちらをすすめているのか　私には判断がつかなかった
秋も深まり空から眺めた赤緑（あかみどり）黄（き）色（いろ）朽葉（くちば）色（いろ）を思い出の色エンピツでスケッチしていると
私はふと　日に一種類の経済新聞を複数部　その他何種類もの新聞を取る証券会社を思い出した——
チャートブックや会社四季報があちらこちらのデスクの上に混沌と置かれ　それぞれのパソコンのまわりで遊んでいた。
そして銘柄と上がり下がりの数字が映る大きなテレビ画面　それは
不規則な時間と正確な時間が呼応する時計の最短距離を人がお金で刻

み計りえるものであった……
その証券会社の活気が　人々の声と姿が　陰と陽の木漏れ陽の間(はざま)に浮かんだ――

風が吹くと　ビラビラと経済新聞の銘柄が震え　揺れた……
消えたお金の不在こそ私達の実存であろうとビラビラ経済新聞の銘柄が震え　揺れた――

職場のまり　接客（クライアントサポート）

帰りの遅れた私は時計を見やり「遅れた遅れた」と呟き、銀行の階段を急ぎ足でかけ上った――
「こんにちは！　ミス・キャメロン・ブロンテ様。お待たせしましたでしょうか？」
「まあ、今来たところよ。絵我さんこんにちは！　お元気？」
「ありがとうございます。おかげ様でピンピンしております。少し忙しく、あっちこっち行って、足がこのダイコン足が少々浮腫(むく)んでいるようなんですけど……ブロンテ様はお元気ですか？　お会い出来てとても嬉しいですわ‼」
「ホホホホ、相変わらずね。細い小枝のような脚よりも、あなたのような肉付きのいい脚の方がセクシーで健康的よ。それにあなたの脚そんなに太くないわよ――」

「キャッ！　元スーパーモデルをしていたブロンテ様にそう言っていただいたので脚が喜んでいます。でも、やっぱりスタイルいいな……カラー雑誌、ファッション雑誌から抜け出したみたい！」
「あのねえ、いい、あんまり外見を気にしちゃあだめよ。人それぞれ個性を大切に、それをいい意味で成長させればいいのよ。それにモデルの仕事をしていた時よりも大分太ったけど、今の方が好きよ。あの頃は精神的にもしんどかったし、体調もあまりよくなかったわ。だからモデルのキャメロンではなく、あなたの普通の友達。様もつけなくてキャメロンて呼んで、私もまりって呼ぶからさ。いいわね——」
「キャッ！　本当に？　お客様なんですけど、いいんですか？」
「フッフッフ、何言ってんの、もう１年以上の付き合いでしょ。それにあなたは信頼出来るわ。誠実で有能な銀行員としてもね。」
「ハーイ、了解！　でもここ会社ではさんをつけさせていただきますね。私にはここでもどこでもまりでいいですよ。」
「ハーイ、了解！」
「フフフ、キャメロンさん、その胸のペンダントお似合いですよ。めっちゃ高級そうな大きな石ですね！」
「ノーノー違うのよ。これは安物(おもちゃ)よ。本物の石じゃあないの、人工石のキャッツアイなのよ。」
「へえ～キャッツアイ！　サファイアか何かと思いました——そう言われれば猫目(キャッツアイ)に見えます。見えます。色も形も大きさも、ふう～ん！」

「気にいった？」

「ええ、本当に素敵！　それに青い目にその石の色よく似合ってるわ！」

「気に入ったんなら、これあげる。まだキャッツアイ家に持ってるから、まりにもすごく似合いそう——」

「え〜、とんでもないですー。だめだめだめですよ。人工石であろうと私にとっては、とっても高価なものです。せっかくよくバッチリ決まっているのに、とにかく今はもらえません。」

「フフフ、じゃあ今度あげるわね。そんなに御世辞でも褒めてくれたのに外すの惜しいものね。」

「御世辞じゃあ、ありません。キャメロンさんはお金持ちだからダイヤの指輪とか、ネックレスなんか身に着ける時もあるんでしょ？」

「私はダイヤどころかどのような宝石も原則身に着けないわよ。まあこんな人工石やガラスを服に合わせるくらい。あなたはどうなの？」

「私はそんな高価なもの買うお金がありませんよ、本当に——」

「あなたの若い顔や肉体そのものの方が、ダイヤモンドよりずっと素敵！　何もつけない指やネックの方が輝いているわ……綺麗な身体に宝石をつけることで、より美しく見せると云う女性の方々を別に否定はしないし、高価な宝石を身に着けることがよくないと云うことではないんだけど、そうねえー、それがオシャレで何かを演出し、ステイタスシンボルだと思う人は買って身に着ければいいのよ。私はそうは思わないだけ——」

「でも綺麗ですよ、ダイヤモンド！　私触ったことないですけど……」
「実をいうとね、持ってることは持ってるのよ、宝石。ダイヤもね。でもそれは仕事とか、何か余程の必要がある時の為——。普段は、例えパーティーなんかでも使わないのよ。そんな時はこのキャッツアイで充分なの。——」
「も～、やっぱり持ってんじゃないですか、ずるいですよ～」
「あなたも持ってるわよ、超高価な宝石。鏡でご自分の顔を見てごらんなさい。目、ダイヤモンドより余程美しいわよ！　輝いているわよ！——」
私はキャメロンお姉様の言うとおり鏡を覗いた——
「WOW（ワアオー）！……」

まりの後輩

二人が今話をしている投資・資産運用（クライアントサポート）部専用小ルームのドアをコンコンとノックする音が硝子ごしに響き聞こえた。
「入ってよろしいでしょうか？」
「いいわよ。どうぞ。——いえ、ちょっと待って——」
返事をしながら立ち上がり、そのすぐ近くの出入口に行き、私の方からドアを開けた。——
「失礼します。お茶をお持ちしました。どうぞ——」

腰と肩を丸めながら広い机台の上にお茶を置いた後、幾分小柄な体を真っ直ぐにし、姿勢良くキャメロンに向かい、にこやかな顔で丁寧に会釈した。
「有り難う！　いただくわ。緑のいい色してるわね、美味しそう！」
「まだ熱いですよ。気を付けてお飲みください。――絵我先輩から、ブロンテ様の事、色々よく聞いてるんですよ。先輩の言ってた通りお美しくて、その上素敵な方ですわ!!　こうして見ただけでもそれがよくわかります。嗚呼!!　切なくて綺麗なオーラが漂っているわ！」
「まあ!!　フフフフフ……このお茶だけでも有り難いのに……あなたこそ女学生のように若々しくてかわいいわね。その若さ少しでもいいから私に分けてもらえないかしら、若いエナジーを。――」
「まあ！　こんなんでよかったら。どうぞ、どうぞ――」
「悦ちゃん、お茶持ってくるの遅い。」
「だって、まり先輩いつ帰って来たのか分からなかったんだもの。ついさっき下でお客様の応対してるって聞いたとこよ……」
「そうかー。私外回りの用事から急いで帰ったんだけど、キャメロンさんとの約束の時間に遅れたんではと、そのままここに飛んで来たんだ。じゃあ、しょうがないね。私の方に責任があるんだ。ごめん、ごめん……」
「そうですよ、一言私に帰ったよ、ただいま！　って言ってくれればよかったのに……」
「ハーイ！　今度からそうしまーす。気つけまーす。」

「先輩そう云うところは素直なんだけど……」
「何よ、その後？」
「何かバトル始まるのかしら、面白そうね！」
「ヤーダ！　もうキャメロンさん。バトルだなんて、そんなのありませんわよ。この悦ちゃんは私と違って、本当のピカピカの新人なんですよ。彼女が着ている黒のスーツまでピカピカに見えるのよねえ！
それにむしろ色々私が彼女から教えてもらう事が多いんです。普段着る服や装身具、クツやブーツ、サンダル、お化粧、髪型など様々な今時の流行（ファッション）、石けんにシャンプー私にはどんなのが合ってるか、どんなのがあるかなど、もう悦ちゃん頼み！　──あなたが頼りよ～～」
キャメロンは、ホホホと笑ってこう言った──。
「あなたはもう絵我さんのもう一人の上司ね。影の上司ね。ウフフ！」
それを聞いた悦子は慌てて言った。
「ち、違います。違いますよ、ブロンテ様。私がそんな上司だなんて⁉
例え冗談でも NO、NO ──。──絵我先輩すごいんです‼　仕事すごく出来るんです。金融の事何もよく分からなかった私に一から十まで親切に、しかも優しく教えてくれたのは先輩なんです。それに、仕事以外のプライベート上の事何でも聞いてくれるし、相談にのってくれるんですから。──私だけでなく他の人（こ）にもそうなんです。
大体今日も絵我先輩外回りに行ったことだって、本来先輩はお客様課のクライアントサポートで、外勤部署じゃあないのに、得意先の会社の方から絵我先輩に不動産関係の事で是非相談したい事があるって言うんでしょうがなく出掛けたんですよ。しかも、それって（他のお得意様・不動産以外のことも）珍しい事じゃあないんだから、先輩の肩の上仕事だらけになっちゃう！　本当、絵我先輩過労死でもしたらどうするんですか？…私心配で……」

「悦ちゃん、話が飛びすぎ！　ものすごく飛躍してる！……それに今日も、いつだって私仕方なくクライアントの所に仕事しに行ってないわよ。足が少し不自由なお年寄りのお客様が私に来て欲しいと言われれば喜んで家や会社に伺うわ。あなただってそうするでしょ。」

「そうだろうけど、先輩がいなくなったら私困るわ！」

「だから、私は元気なんだって、顔色もほれこの通りピンクがかっていきいきしてるわ！」

「でも……」

私は恥ずかしくなって顔が真っ赤になり、もう破裂寸前であった!!

キャメロンは面白そうに、そうまるで私達二人のやり取りを見て楽しんでいた……。きっと心で散々笑っているんだろう。時々「まあ！」とか「ふん。」とか言っては私達を見比べてはお茶を美味しそうにすすっている。それでもまだ悦ちゃんの口は止まらなかった！

「そうなんです。本当、まり先輩がこの銀行の職場に居てくれるだけでも私は有り難いんです。先輩は私らの太陽よ!!　ああ、燦然（さんぜん）ともっと輝きあれ!!」

「キャメロンさん、気になさらないで……この娘（こ）冗談時々言うんですの。ハハハ、面白い娘なんです。悦ちゃん面白かったわ！　でもね！

……」
「そう、こんな事もあったわ！」
「どんな事があったの？　是非聞かせて……」キャメロンは笑いをこらえながら促した——。
「私が金欠の時だった。……先輩私今月生活費きついんです。って相談と云うか言ってみたら、まり先輩何て言ったと思います？」
「是非聞きたいわ。あなたに何て返答したの？」
「忘れもしないわ!!　絵我まり先輩はこう言ったの……私は決して他人にお金は貸さない！　だからあなたが私にお金を貸してくれって泣きついても、だめ。一円だって貸さない。……だから、この一万円は返さなくていい！　って言ったんです!?　だから、私達若い女子行員達にはいつだって気軽に貸して、いや違う、くれるんです!!　——」
うわあ！　悦ちゃん、そっちか〜……とうとう私は黙っていられなくなった。
「いつだって気軽にお金をどうだなんて、私そんなこと言ったことないわよ。悦ちゃん大変な誤解思い違いをしているわ！　あなたが私と同じように一人暮らしで困ってたから、見かねて一万円あげたの。あなたの仕事は何？　銀行ウーマンでしょう。銀行員が借金するなんてお笑いだわ。そんなあなたになって欲しくないから一万円援助したの。月々の自分の収入と支出考えて、お金使うの。しかも例え一円でも毎月預金するのよ。何か急な病気とかで、いつ何時お金がいるか分からないんだから……。合コンなんかでしょっちゅうお金使ったり、その為の高い服沢山買ったりしないの。それ以外でもあなたはムダ遣いが多いわ。浪費家銀行員悦子って呼ばれたいの？　……でも……でも、本当に困った時はいつでも相談にのったげる。銀行員の私が今からこんな事を言うのはどうかとも思うけど、ここだけの話よ。あなたに言ったと云う、私は決して他人にお金を貸さない！　と言った。これは本当よ。——」
「ハイ‼　まり先輩の言われた事、肝に銘じときます。それから来週合コンあるの。ぜひ先輩に来て欲しいと他の女の子達も言ってるんですけど、一度ぐらい……」
「私は合コンやお見合はしないの。自分で……いや、その話はこんなところでやめとこう。それから、カラオケも何度さそっても行かない。それはそうと悦ちゃんあなた何しにここに来たの？　お茶持って来ただけでしょ。いつまでいるの？　仕事の邪魔よ。さっさと自分の部署に戻りなさい。それから、私にはお茶持って来てくれてないわよ。この部屋でのお客様とのお話の時にはお客様だけではなく、私にもお茶を持ってくるように言ったでしょ？　何？　急いでたので、慌ててうっかり⁈　も〜、え？　いまさらもういいわよ。いいの。今持って来ちゃだめよ。いらないってば……」
キャメロン様はクスクスお笑いになっていました。
「どうも、お見苦しい所をお見せしてごめんなさい。」
するとキャメロン様はやはりくつろいだご様子で、クスクス笑ったままこうおっしゃったのです。

「ウフフ、ちっとも！」って——。

銀行員の私がこんな事を言うのはどうかとも思うけど、ここだけの話よ。私は決して他人からお金を借りない！　私は決して他人にお金を貸さない！　——

「あの娘一瞬私の心を覗いたわ！　フッフッフフフ、そしてストレートロングヘアの綺麗な黒髪をサラサラサーと揺らせてたわね！」
「まるでヘアーシャンプーのＣＭを見ているようでしょ、ウフフ……
ＣＭの女性の髪の長さよりは短め。本人はもっと腰近くまで伸ばしたいんだけど、会社の規則でそんなに長くしてはいけないことになってるのよ。悦ちゃんの今の髪の長さきわどいギリギリのところよ。その他にも髪のマニュキアもあんまり明るい色とか、目立つ色は禁止されているのよ。そこは悦ちゃんのこだわりがあって、髪は地のままの黒。結構他の女子行員茶褐色系に染めてるのにね。」
「良い娘じゃない！」キャメロンは目を細め、首肯きながら言った。
「そおよ、本当良い娘よ。良い娘過ぎるくらい！　あの娘の実家数年前まで大手とまではいかないけど、そこそこの会社を経営してたんだけど、バブルの崩壊のあおりで会社経営が傾いちゃって、その後低迷したままとうとう何年かのち倒産しちゃったのよ。もうちょっと早く倒産してたら、大学も行けなかったみたい。だけどそれまでお嬢さん育ちで何不自由の無い暮らし、境遇だったのよ。買って欲しい物はたいがい買ってもらってたみたい！　悦ちゃんの中学・高校時代の月々のお小遣い、今の私の月給より多いのよ！　聞いてみてビックリよ――。ウソ――ってその時叫んでしまったわよ、フフフ。……悦ちゃんも今の自分の境遇が、その時とは違うんだということはよく自覚してはいるんだけど、これからより身の丈にあった生活をしてくれると信じてる。出た大学も同じだし、私の出来る範囲でフォローしてあげるしかないわね。」

「そうなんだ！　人生色々あるのね……。でもあの娘はお金のことであなたを頼ってるんじゃあないのよ。本当はあなたから一万円貸してもらわなくっても、どうってことなかったはずよ。私にはあの娘のしっかりとしたエネルギーとその力強いパワーが見えたわ！」

「じゃあ何で？　お金を貸してくれと……」

「確かに金欠だった事は、そうだったのよ。まあ、困ってもいたのは本当よ。でもさっき言ったようにお金の事であなたを頼ったんじゃないのよ。それは口実で、まりあなたの優しさを頼ったのよ！　平たく言えば、あなたに甘えたかったの。……あの娘も親の経営する会社が倒産した時は今よりももっと年若くて、どんなにか不安で惨めな想いをしたか？　経済的な面だけでなくって、それまで社長令嬢だったあの娘にそれまでちやほやしていた取り巻きの友達が、会社がつぶれたとたんに、そのほとんど（全員じゃあないにしても）あの娘から去ったとか？　ありそうな事じゃあない？　その他にも、それなりに人に言えない苦労を一杯したはず！　その分様々な事を学んで強くなってるのよ！　あの娘の親は会社がつぶれたことよりも、それによってあの娘がかろうじてつぶれなかったことを神様に感謝することね。今もまだ……」
キャメロンは一呼吸置いて、私の方をじっと見て言った。——
「あなたに甘えたかったのよ！　かろうじて失わなかったあの娘の小さな心の平安が、あなたに甘えたかったのよ……」
私は思わず又、目に大粒の涙をためた。……今度私、給料入ったら、悦ちゃんに何か食事おごる。キャメロンさん、私鈍感ね!!」
すると、キャメロンはＮＯ！ＮＯ！と言いながら首を振った——
「逆よ！　逆なのそれは……。今度の給料日にでもあなたがあの悦ちゃんに何か？　何でもいいからあまり高くない食事を、そう、『今日は私にラーメンでもおごってよ』って言うのよ。そうすれば、あの娘思わず良い事があったかのようにとてもよろこんだ顔して、『先輩、私ラーメンの美味しい店知ってるわ。まかせてよ。ラーメンの一杯や二杯私が食べさせたげる。先輩には今までそうだったように、私がいつも付いてるじゃない。大丈夫、今日は私のおごり。さあさあついてきなよ。ウフフフフ』って、きっとそんなような事言うと思うわ！……」
しばらく私は何も言う事が出来なかった……
「どうしたの？　顔を上げたまま、私が何か気にさわる事言ったの？こっち向いてよ。……」

「無理です！　だって涙落ちそうなんだもん！」

ブロンテ先生はご自分のハンカチを私の手につかませてくれ、こうおっしゃったのです。

「これを目にあてて、さあ。これで大きな涙つぶは落ちないわ。」

「有り難うございます。またまたお見苦しい所をお見せしてすみませんでした！　今度の給料をもらったあと、あなた様の言われたことを実践してみようかと思います。」

「言っとくけど、今私の言った通りにはいかないかも知れんし、その責任はとらないからね。でも少なくとも、あなたがあの娘から何かおごってもらったら、又あの娘が金欠の時、あなたに相談しやすくなるわね。『先輩私今金欠で、今月も生活キツインです』って……」

「まあ!!」

「それがまり、あなたの狙いよ。それでいいのよ。」

……まりは呟いた。

「キャメロンお姉様の言う事はいちいち思慮深くて、確かに重く、深い！　深いわ～!!　でも、もうちょっと私の頭の（知能）程度に、それから私の度量に（懐に）合わせて、私に物言って欲しい！」

「何か言った？」

「いえ、別に、ああ、こう言ったのです。今度給料をもらったら、キャメロン先生の言われたことをしっかりと実践してみよう。と……」

仕事の話

「ところで先日のお電話では為替のことで私の意見を聞きたいとのことでしたが、米ドルと対円のことでよろしいのでしょうか？　私が一応キャメロンさんの資産運用コンサルタント・クライアントサポートの担当者とはなっていますが、もっと経験豊かな先輩や上司が私に代ってのご説明も容易に出来ますが、いかがなさいますか？　私に気兼ねなど全く不要でございますが——」
「あなたに相談しに来たのよ。責任は私が全て持つからさ。——」
「ウフフ、そう言ってくれて有り難うございます。——キャメロンさんはＦＸ取引をおやりになるんですか？」
「まさか、私には性が合わないわ。私があれをすれば多分（きっと）頭の中は毎日パソコンの前で半日へばりついてお金の損得ばかり、それこそドルやユーロの為替相場のことばかり考えちゃいそうね。そんなのごめんよ。お金の話はここでするぐらいがいいわね。あなたはどうなの？」
「いえ、私も今はそんな事をする余裕はございません。外国為替市場のことでお越しいただいたので念の為お聞きしただけでございます。」
「私はあなたから情報・データなどの収集と、まだ経験の浅いだろうフレッシュな感覚のあなた自身の考えを聞かせて欲しいの。——金融や為替の動きのことはあなたより長く関わってきたので、あなたの予測・見通し・考えを鵜呑みにはしないから安心して。それに目論見書や規約、その他様々な法律的なことはあなたがいると心強いわ。」
私は背筋を伸ばして、凜(りん)とした顔つきで聞いていたかった――しかし恥ずかしそうな顔をして、幾分背を丸めていたに違いない……彼女は私を見ながら話を続けた。
「銀行、証券会社などの社員だったら、顧客が金融商品や外貨預金の購入の際に、顧客の資産や目的に応じての対応・カウンセリングはするけど、その時点で投資の時期が良かろうと悪かろうと現時点で利益のありそうな商品を売ることが何より一番で、その上でのリスクの説明をマニュアル通りおこなう。でもあなたは少々違うわ！　まりは以前私に、今は外貨預金や投資信託など買わずにそのまましばらく様子を見て、円預金のままそのまま動かさずに置いていた方がいいと言った時、或る種驚いたんだけど、ただ、あなたの銀行での成績が心配だったけど……」
「ハハハ、キャメロンさん。私の銀行での営業成績まで心配していただき恐縮です。有り難うございます。キャメロンさんの懸念の通りあまりいいとは言えませんが、何とか仕事はさせていただいております。大丈夫でございます。むしろ忙しいくらいなんですよ。」
彼女は顔を少し右に傾け、私の顔を優しい含み笑いの目で見つめた――
「そう。それで脚が少うし浮腫(むく)んでいる訳ね……」
「私入社してまだ新米の頃、外回りで複数のお年寄りの方に（女性の方々でしたけど）投資信託を買ってもらったんです。新発物が多かったのですが数ヵ月は分配金もそこそこあって、基準価格も上がり、私は仕事が出来るキャリアウーマンだと自分で得意がっていました。

が、その後あっと云う間に暴落。そう、私が勧め買ってもらった金融商品の基準価格がみるみる下がり、普通分配金は特別分配金に、分配金自体も半分に下がり、かなりの含み損を与えてしまった苦い経験があるんです。リスクがある商品とはいえ、会社の研修や経済新聞・テレビ番組などを見るだけでなく、余程自分でも経済だけではなく、それに関わるあらゆる分野の勉強をし、顧客の利益を何より優先して、先の先を見なければと思うようになったのです。商品を沢山売ることばかり考えていた頃の恥ずかしいお話です。私が事務課の方に回されても、例え首になっても今は会社の利益の前に客の利益を第一に考えざるをえないのです。私は色んな意味で甘いのでしょうか？」

「フフフ、どうだか？　まるで子供かロマンチストな悩める、夢みる乙女よ。」

「えー私乙女だったんですか⁉　気付きませんでした！『乙女だったんだ！……』」

「嬉しそうな顔をして、何ブツブツ言ってるの。大丈夫かしら——」

「ハイ、私もそう思います。——現実はとてつもなく複雑で単純だと思いますわ！」

「そうよ。現実は闇と希望の二つの重力にいつも引っぱられ、引き寄せられているわ！」

私はアルカイックなスマイルで「アイシーアイシー」と相槌を打った。

「それでおばあちゃん達になんて言われたの。騙されたとか文句の一つも言われたの？」
「いえそれが……私が謝ったら逆にえらい慰められました！　余計辛くて涙だけが泣き声もなく流れる始末が幾度もあったのを今でもよく覚えています。多少改善されてはいますが、今もその含み損は残っているはずです。今のこの支店に転勤する前の支店のことです。そこに二年、こちらに来て一年半程になります。あっと云う間夢のようです。今はその当時の事、恥ずかしい想いと懐かしい気持ちもするんです！　不思議ですよね……。あなたの所為じゃない、あなたの所為じゃあない……って、私の所為なのに、何回も何回も私が笑顔になるまで言ってくれるんですよ！」
「そう、興味深い話ね……　私はこう思うわ！　まり、あなたにおばあちゃん達は金融商品だけを買ったのではなくて、あなたから誠意も買っていたのよ。あなたに、自分達の若い頃の気持ちを見たのよ！」
私はあの時のように涙がボロボロと出てきた――
キャメロンお姉さんは私を見て「ハアー」と溜息を一つ吐き、その首にブラさがるキャッツアイが音も無く僅かにずれ動いた。そして彼女はしばらく何も言わずやはり頭を少し右に傾け、私の顔を覗き込み、手で私の心理を一度なぜた――
「経済にも愛が必要？……！　彼女達はあなたに仕事の仕方を教えてくれた！」
「仕事の仕方を教えてくれた！」

「さっき経験が浅いなんて言っちゃったけど、今考えれば一年半そこそこでしっかりし過ぎだもの、新入社員だとばかり思っていた。そんなことがあったんだ！」
「ワァー！　今もしっかりしていませーん。」
「もう、ぶりっ子はやめなさい。企業戦士でしょーに、も〜、ウフフまだ泣いてる。よしよし……ほっぺたおもいっきりギューッとつねってやろうかしら――」

「為替に関しては米ドル、ユーロ、豪ドル、ニュージーランドドル、カナダドル、ポンド、スイスフランあたりならかなり把握していますが、最近頓(とみ)に関心が高まっているＢＲＩＣＳ(ブリィクス)各国やトルコリラなど、その他のアジアも含めた新興国通貨に関しては今、さらなる勉強をしているところです。クローナやクローネその他の通貨におきましても、それぞれの国の政治状況や資源・産業状態などの資料や、ＧＤＰ、対円、対ドルなどの、グラフ・チャートなどはお時間を頂ければ、揃えることが出来ますが……」
「そこまでしなくていいのよ。ランドやレアルなどの興味はあるけど、今日は米ドルの見通しを聞かせてもらえれば充分よ。時間があればユーロと――。それにしても、先進国と新興国の金利差は相当なものね……あ、いや違うの、こちらはいいのよ。私は投資家じゃないし、米ドルのこと話して。」

「ハイ。フロート制（変動相場制）になって以来、円高・円安の不揃いな周期的な波はありますが、全般的には今日まで円高の方向に動いています。1995年４月の80円に近づくか、それ以上の最高値を近い将来つけるかもしれません。私どもの銀行関連の為替ディーラーからの情報や、その他色々の経済指標を鑑み、私個人なりの分析ですが、米ドルが世界の基軸通貨であってこのレートですから、今日115円あたりで動いていますが、実際的・実質的な円とドルの今の実力は90円でもおかしくないと思われます。少なくとも近々ここ１、２年の間に100円は切ると思います。今アメリカの大手証券会社によっては、訳のわからない危ない金融派生商品を外国にまで多量に売っています。そう云ったものの商品の説明を読んでも、実際金融に携わる者でさえよくわからない程怪しい代物なんです。それからサブプライムローンと云う低所得者向けの住宅ローンなんですが、かなりコゲついていると云う確かな情報があります。もし、90円を切るようなことがあると、多分もっと円高は進むと思われます。」

(サブプライム問題は案の定翌年米国で公にも、そのローン焦げ付きのひどい惨状が大きくクローズアップされだした。――そしてそれを切っ掛け・途端として、あの世界を揺るがした金融事件リーマンショックがこの先に起ころうとは、このとき私はまだ知る由もなかった！……

ただただ、そう、日々追うごとにＶＩＸ指数、恐怖指数の不規則な増減が、時限爆弾のようにパソコン画面に現れる様々な経済指標に、金融市場に不気味で不安な暗雲をかけていた――)
「とりあえずこちらの銀行で外貨預金の口座を作りましょう。」
「有り難うございます！　今日ですか？」
「そうよ、その為に来たのよ。遅くても１週間ぐらいまでにはその口座に500万振り込むわ。トラブルの無いようにその時事前に電話するか伺うかして連絡するわ。――後日ドル円相場の頃合をみて、出来るだけ早めの日にそれを円に替えましょう――」
「500万円も、まあ本当に有り難うございます！」
「あ、う～ん……違うのよ。円ではなくてドル、ドルで500万ドルよ。」
キャメロンお姉様の青い目が私には一瞬黄金色に輝いたように見えた！――私はその虹彩の奥に引き込まれ、それは――インパルスから私自身の心模様の反映が広がり、又いつの間にか彼女の美しい宝石青い目がキラキラと光り輝き、彼女の手は書類に自分の名前を書き込んでいた。――
「これでいい？」
「有り難うございます。お職業に自営業と記入されていますが、いえ別にお答えなさらなくても差し支えありませんよ。」『何をしているんだろう？　今も服飾やファッション関係の仕事をしているのかしら――』
「……今日仕事終わったら私んところに遊びにいらっしゃいよ。私も独身の一人身よ。気兼ねしないで、ディナーにご招待するわ。と言っても簡単な料理だけど……」

「ワアー!!　本当ですか？　是非!!　是非!!――遅くとも７時には出られると思います。仕事引け次第携帯に電話します。料理手伝います。ウフフ！」

「じゃあ、私の自動車（くるま）でその時分寄るわね。明日（あした）土曜だから泊まっていけばいいわ。ここから少し時間かかるけど、静かな郊外の２階建ての house よ。……でも結構庭は広いわよ！」

「素敵ね！　私が今住んでる所は１ＬＤＫのマンションなんですよ。ああ、大違いだわ。……その今のマンションに１年半前に引っ越して来たの。新しく借りたのよ。それまでいたマンションは１ＤＫだったの。だからこれでも経済的に少しは広い所に住める身分になったんだよ！　って、自分に言い聞かしてるの。ウフフ……！」

「ああ私もニューヨークにいた小娘の頃は古いマンション住まいだったわ。お金が少ししか無くって、ウエイトレスなんかのバイトで食いつないでいたの。その頃の私の主（おも）な持ち物・荷物は夢と希望くらい――当時まだ駆け出しの私のモデルの仕事とその収入はほんの僅かなものよ。そうそう１年以上、手で洗濯してたのよ。冬場手が冷たくって、お湯を沸かしてそれで薄めて洗い、すすぎジャブジャブよ。バスタブはなくてシャワー、これはなんとかお湯が出た！――よかったわ。」

「今の私の方が恵まれているみたい。」

「そうよ。おまけに友達とルームシェア、もちろん女友達よ。窮屈ったら窮屈、でも楽しかったわ!!　だから話し相手には困らなかったし、彼女は画家を目指していて、たいした家具も電化製品も無いのにやたらあっちこっち小物やガラクタが散在しているのよ。ゴキブリでも出たらもう大変、大騒動。あらごめんなさい、つまらないこと色々しゃべっちゃって、つい……」

「いえ、面白い話もっと聞きたいくらいよ。でもキャメロンの荷物本当に素敵ね！」

「フフフ、それしかなかったのよ。」

「持ち運びが楽そうですね。ウフッ。」

「そうなのよ。実は今も日本にその荷物持って来てしまってるのよ——」

「結構年代物ですよね、それって。」

「そうなのよ。——使う用途は変わっても、現役で今も活躍するのよ。」

「まあ!!　本当に優れ物ですわ！」

「ただ欠点もあるのよ。——」

「欠点もある?!」

「私の生活が豊かになればなる程落ち着けば落ち着く程、その魔法の荷物の効力が弱くなるのよ。年代物と云うことも関係しているかもね。」

「私も持ちたいな、そんな荷物……」

「まあ何を言うか、君は。もうずっと前から、そして今も持ってるよ。大きな荷物！」

「え！　本当に？」
「あなたの夢は何？」
「私の夢は、……本当だ！　私の夢は○○です。」
その後しばらくの間、さきほどの或る会話の部分が何度も知らず知らずのうちに私の普段使わない脳裡を揺らし、その頭をカラー映画のシーンのように過って行った——
『——素敵ね！　私が今住んでる所は１ＬＤＫのマンションなんですよ。大違いだわ——』『ああ、私もニューヨークにいた小娘の頃はせまいマンション住まいだったわ。お金が少ししかなくって、その頃の私の荷物は不安と希望、私自身の存在と夢。おまけに友達とルームシェア、もちろん女友達よ。窮屈ったら窮屈、でもとっても楽しかったわ!!——』

「家に美味しいワインもあるわよ。少しはいけるの？　お酒飲めるような顔してるけど——」
「えー！　クックック。普段あまり飲まないですけど、本当言うと結構好きなんです。バレてたかー！」
「まあ、そうなの。ウフフじゃあ、あまり勧めない方がいいわね。ところで、この世で一番の薬は何か知ってる？」
「さあ何だろう。……何ですの？」
「お酒に決まってるでしょ！——」
「はあ、あーあ！　そう云うことね。」

「日本でも百薬の何とかって言うのよね。でも、大人でも飲めない人や、飲んだら顔が真っ赤になる人はもちろんお酒を飲むのは厳禁だし、お酒に強い人でも度を越して飲んだら毒になることぐらい知ってるわね。」
「私はどれにも当たらないわよ。大体お酒頻繁に買うお金無いもん。」
「私はほぼ毎日何かしらのお酒を適量頂いているけど、仕事やパーティーなんかでとか例外はあるけど外では原則飲まないから、私にとっては美味しい健康に良いお薬！　でもあなたは一度味を覚えたら、そしてそれが習慣になったら、酒豪になるんじゃあないかしら？　やっぱりあなたにはお酒を飲ませない方がいいかも……」
「そんな〜キャメロンさんずるいですよー自分だけ。私だって……それじゃあキャメロンさんの飲むものを、同じだけの量だけお願い！」
「ハイハイ、いいわよ。まりも私と同じようにお酒を薬として適量飲むのね。それなら。」
「やった‼　クック、美味しい薬としてですよね。――でも適量ってどれぐらいなんだろ？……」
「フフフフ、あなたはお酒を飲むと、きっとケラケラ笑い出す方ね。」
「まあ！　どうしてそんなことまで……そうなのよ。」
「ハハハハ、面白い人ね。今日のディナー美味しくなりそう！　今日のワインは体によさそう！　ああ、それから私の今の仕事はブルーアイよ。」
「ええ？　うそー⁉　本当にブルーアイなんですか？　うそー⁉　う

そですよね？　えー⁉」

「その他にブルーキャッツアイ、ネイビーキャッツアイとも呼ばれているわ。――」

「なんで⁉……」

――キャメロンお姉様の透き通るような肌の首筋から膨(ふく)よかな胸元に吊るされた青いペンダントがキラッと光り瞬きミステリックに揺らいだ――

3章　キャメロン・ブロンテ

稲妻

高層ビルの谷間の近くを時計の類似点にそって風が足早に歩いていた
陽はもうとうに暮れ、大都会のネオンやビルの玄関、窓が人々の顔を
幻惑するかのようにあかあかと輝いていたが
その上には星も無いインク色とダークグレーの空が不安げに傾き合っ
　ていた
絶え間なく走り過ぎ行く自動車のサーチライトが　後ろに後ろに夜の
　軌跡（カーブ）を描き——
細い並木の枝がそろって身震いしていた　その時
あまりにも突然空が光った！——広く大きく瞬間フラッシュを焚いた
　ように——
それからものすごい音と響（とどろ）きが私達の頭に降った！

稲妻は何色だろう！　黄色？　白色光？　それとも戦慄の青い筋？
　オレンジ赤の叫びか——
クログロとした巨大ビルの縦にのびた長方体の斜上闇夜の空から突如
稲光が鋭く走る
それは時折私達に見せる隠れた自然の神経だ　おそろしくきらめく毛
　細神経の末端の一部だ！
電光はバリバリと云う音をさせ遥（はる）か夜の空の上からビルの背中に

手を広げた——
ビルの真上に突き出た五本もの赤く点滅する避雷針は
夢で見た色が何色だったか　なかなか思い出せないでいた……

稲妻は何色だろう！　黄色？　白色光？　それとも戦慄の青い筋？
　オレンジ赤の叫びか——

「すごい雨！」
「どしゃぶりね——」
「でもすぐ止むわ。夕立よ。雷すごかったわね!!　……」
「本当、怖かった!!　心臓によくないですわ！」
「ものすごく美しかった!!　光りの芸術……」
「え～!?　私気がつきませんでした。……今度気をつけて、目をつぶらずによく見ます。……」
「鋭い音も自然の素晴らしい音楽よ。雨や風の音と共に稲妻素敵だったわ!!——優しい風や樹々のそよぐ音色も川のせせらぎ小鳥のさえずりなどもいいけど、たまには今みたいなダイナミックなサウンドも直接心に響きワクワクする!!　それに見た？　暗黒の空に明示された稲光の筋の輝き、その意味を私達は問いかけられているのよ。ぞくぞくしたわ!!」
「私も、私ももちろんそれはもうぞくぞくしましたわ。でも、ワクワクはどうかな……」
「さあ、雨が止んできた。家まで飛ばすわね。ウフフ大丈夫よ、安全運転範囲よ。さあ行きましょう。自動車(くるま)に乗って——」
「ハイ、ああキャメロンさん、私も運転免許持ってるんですよ。」
「どうも。でも今日は私が運転ね。ナビ付いてるけど夜だし、少し遅くなったし、今度いつかあなたの運転で乗せてもらうわね。」
「それがいいです。滅多に自動車に乗らないですから。たまに仕事で会社の自動車使うくらいなの。それがもうよたよたの自動車で何回もですよ、エンストするわ、パンクするわ、おまけに急ぎでスピード出すと、もういやだ、どこからか壊れそうな変な軋む音すんのよ。パンクした時はジャッキ上げ下げしながら『何で？　何で？　私がこんなことを、タイヤ交換が私の仕事？』と思いながら泣きそうだったのよ……」
「フフフフそれは大変だったわね。あなたのその姿が思い浮かびそうね。でもその分、逞(たくま)しくなったんじゃない。あなたが助手席に居てくれたら心強いわね。パンクした時——。」
「やーだキャメロンさん冗談言って、もう——」
「シートベルト締めて——私も普段は仕事以外滅多に自動車(くるま)乗らないのよ。歩くのが一番よ。自分の足で。——」
「えー滅多に乗らないんですか、キャメロンさんも。」
「そうよ。食料品の買い出しなんかも歩きよ。健康にいいんだから。ハハ、私の運転？……普段あまり乗ってなくても上手なんだから大丈夫よ。それに私の自動車（くるま）は私が飛ばすと言っても言う事聞かないから安全運転になるのよ。そうよね君？」
「そうです、ご主人様。キャメロンの相棒コンピューターブルーアイがその時その時の状況判断に対処するように入力されていますですよ。ピッピーマリー様安心あれー。ピーピー言っておきますが例えかなりの速い速度が出ても、それなりの幾つものセンサー機能が働き、事故の心配はご無用でございます。キャメロン様はあまり好まれませんが、完全自動運転もありです。」
「キャメロンさんコンピューターの声上手！　もう一回やって。——」
「キャメロンが喋っているのではありません。クルマの私（わたくし）ブルーアイがお話ししているのです。それから私（わたくし）は遊びの為に開発されたゲーム機ではありません。あなたと遊んでいる暇はありません。それではよいドライブを——」
「ハイハイ、了解。ウフフ、シートベルトしましたわよ、ブルーアイさん。発進——」

「着いたわよ。まりちゃん——」
「うーん　ムムムム　アー　ウン……スースー。」
——頬っぺを誰かがパタパタとはたいているように感じた……
「まり、まり起きなさい。」
「ああ　お母さん　まりをもうちょっと眠らせて、あと5分だけ、お願い、おかあ…さ……ファッ！　キャメロンさん、どうして?!」
「フフフやっとお目覚めね。それにしてもとても快適なドライブだったみたいね。ほとんど眠っていたわよ。——ようこそ、キャメロン宅へ！——」
もうすっかり天気は回復し、ツンと雨あがりの草木の香りが月明かりにまぎれて漂っていた。
「素敵なお庭とお家！……」
「有り難う！　来て、こちらよ。まりの実家のつもりで——」
玄関ドアの近くまで行く途中庭の左右にチューリップ、ヒヤシンス、イキシアなどと書かれた小さな木の立て札が目に入った。
「ああ、これね——昨日植え込んだ希望の字よ。」
「希望の字？　そう云う品種の球根？」
「うふふ……」
「希望の字ってどんな字なのかしら⁉　どんな花咲くのかしら？」
それを聞き、首肯(うなず)いた彼女(キャメロン)は最初何フレーズか私の顔を見ながら、その後は舞台に立って歌うようにメゾソプラノの声で語った——

１月、２月の霜にも耐え、希望の字のように球根達の芽が葉になる——
まだ冷たい空気と陽差しに向かい
その濃い緑色は何といい色なのでしょう！

私の人生はもじどおり綱渡(つなわた)りのようなもの

いつ落ちても網(あみ)のない地上が容赦なくいつも待ちかまえている

バランスを崩し、足を踏みはずし天を仰ぎ

いつ落ちても不思議でないのに！……今も私は揺れどおし——

——希望で編まれた網が私を支える

弓なりにたわむ程に細く可憐な茎葉のイキシア、鈴なりに咲き誇る赤・ピンク・白の小花達を

チューリップさん、ヒヤシンスさん、赤や青や黄色の素晴らしい夢のような花々を今年も咲かせてください……

——そう言い終わると彼女は私にウインクし、左右に両手を拡げ片足立ちをしてバランスをとった。

「片方の手に持つものは、それは心の闇ね。でももう片方の手に持つものは何かしら？……」

「まり、あなたは哲学者なの？　少なくとも宗教家ではないようね。」

「私は無神論者じゃないけど、何々教とかそう云った既成のどの宗教にも属してないの。」

彼女(キャメロン)はそれに答えようとしたが、ゆらゆらっとバランスが崩れそうになり、左右の手を動かしなんとか踏ん張った。

「人間には神様は必要よ。少なくとも私はそう思ってる。」

「私も祈ることぐらいはするのよ。自分の部屋で一人でだけど——。」

「何を祈るのかしら？」

「キャ、それは恥ずかし過ぎて言えないわ！」

「ホホホホ、子供みたいな人ね！」

「私だってこう見えても色々悩みはつきないのよ——仕事以外でも。」

「へえーあなたにも……それで一体どんな悩みが色々あるの？」

「キャッ、又、それは恥ずかしくて言えないってば！　私も悩み多き乙女なのよ！　それに私も恋多き乙女なのよ！」

「まあ!!」と言うなりキャメロンお姉様はバランスを崩して両足を地にお着きなさったのでございます。つまり、ずっこけなさったのです。

「まり、あなたは可愛(おもしろ)い人ね！　それからもう片方(ひとつ)の手に持つものは人それぞれ違うんじゃあないかしら？　それに闇が存在するには光が必要よ。あなたのその冗談は闇の方、それとも光の方？　え？　それは冗談ではなかったの？　ほんと？　恋多き乙女？　それはそれでちょっとビックリさ……⁉」

バランスを崩し、足を踏みはずし天を仰ぎ

——いつ落ちても不思議でないのに！……今も私は揺れどおし——

希望で編まれた綱が私を支える

弓なりにたわむ程に細く可憐な茎葉のイキシア——鈴なりに赤やピンク・白に咲き誇る小花達を

チューリップさん　ヒヤシンスさん　赤や青や黄色の素晴らしい夢の

ような花を今年も咲かせてください——

月の光に照らされた二人の女性の顔と姿が夜の白い影のように——
数本の黄色く紅葉したさくらの樹の間を過ぎ行き
——玄関ドアの近くまで行くと、庭の左右にチューリップ、ヒヤシンス、イキシアなどと書かれた小さな木の立て札が目に入った——。
「素敵なお庭とお家！　……」
「有り難う！　さあ入って、こちらから——」

ディナー

「キャメロンさんのお家でアンコウと牡蠣（かき）のシャブシャブを頂くとは思いませんでした。水を入れたお鍋にダシコンブ、そこに日本酒をたっぷんたっぷんと注ぎ、煮立ってきたら白菜をはじめに色々な野菜・キノコ類を入れて、七味唐辛子を加えたポンズにつけて食べるなんて、フフフ外人とは思えない！　本当に美味しいわ！」
「私は日本にいる間は日本人なのよ。」
「そうですよねえ、キャメロンは日本人だーハハハハハハ」
「ウフフ、まり笑い声がすごい！　ワインは今度ね。今日は焼酎のお湯割りコップ山盛１杯250ccよ。しゃぶしゃぶにはこれの方が合うからね。」

「もう半分飲んじゃいました。ウフフフフ、せめて二杯にしましょうよ。だってこんなに御馳走なんだから——」
「そうね、……いいわよ。でもそれ以上は絶対だめよ。」
「やった！　そいからさ、私一人っ子なんです。子供の時から兄弟姉妹のいる子うらやましかったの……だからお願い、私の姉貴になって——だってキャメロンは日本人なんでしょ。ハハハハハ！」
「フフフフフ、大丈夫かしら——いいわよ、焼酎一杯だけにするなら。酒グセの悪い妹なんて嫌だもの。」
「え〜、そんなー　そんじゃあ今度姉になってもらいます。今日は友達、友達バンザーイ！　ねえキャメロンなんでそんなにチビリチビリ口に含ませ飲むんですか、もっとグッといきましょうよ、そうグッと——グフフ。」
「私はねえ、お酒を味わってるんです。ついでに神様に感謝を込めて、いえついでにではなくて……そう、そうなのよ。」
「ハハハハハ、やっぱし姉の言う事は違うわねえー、偉い！　私の姉貴だけのことはある。うんうん。もっと牡蠣(かき)食べてよ遠慮せず。栄養あるんだから——そいからアンコウも箸が進んでないわよ。キャメロンはあたしよりコラーゲン必要でしょ——あッ、この肝もらっていい？　シメジもエノキも香りいいわ！　ネギもシャキシャキしてる。」
「いいわねえ、こうして二人でお鍋を囲んで食べるって——」
「ハハハハハ、やっぱし姉の言う事は違う有り難い！　偉い！　私の姉貴だけのことはある。うんうん。——でもちょっと堅いなあー、ど

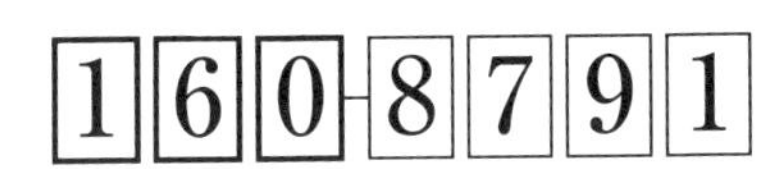

郵 便 は が き

料金受取人払郵便

新宿局承認

4946

差出有効期間
平成31年 7 月
31日まで
(切手不要)

1 6 0-8 7 9 1

843

東京都新宿区新宿1－10－1

(株)文芸社

愛読者カード係 行

ふりがな お名前		明治 大正 昭和 平成 年生 歳
ふりがな ご住所	□□□-□□□□	性別 男・女
お電話 番 号	(書籍ご注文の際に必要です)	ご職業	
E-mail		

ご購読雑誌(複数可)	ご購読新聞 新聞

最近読んでおもしろかった本や今後、とりあげてほしいテーマをお教えください。

ご自分の研究成果や経験、お考え等を出版してみたいというお気持ちはありますか。

ある　ない　内容・テーマ(　　　　)

現在完成した作品をお持ちですか。

ある　ない　ジャンル・原稿量(　　　　)

書　名			
お買上 書　店	都道　　　　市区 府県　　　　郡	書店名	書
		ご購入日	年　　月　　日

本書をどこでお知りになりましたか?

1.書店店頭　2.知人にすすめられて　3.インターネット(サイト名

4.DMハガキ　5.広告、記事を見て(新聞、雑誌名

上の質問に関連して、ご購入の決め手となったのは?

1.タイトル　2.著者　3.内容　4.カバーデザイン　5.帯

その他ご自由にお書きください。

(

本書についてのご意見、ご感想をお聞かせください。

①内容について

②カバー、タイトル、帯について

弊社Webサイトからもご意見、ご感想をお寄せいただけます。

ご協力ありがとうございました。

※お寄せいただいたご意見、ご感想は新聞広告等で匿名にて使わせていただくことがあります。

※お客様の個人情報は、小社からの連絡のみに使用します。社外に提供することは一切ありません。

■書籍のご注文は、お近くの書店または、ブックサービス(0120-29-9625)、セブンネットショッピング(http://7net.omni7.jp/)にお申し込み下さい。

っちが外人かわからへーん。キャメちゃんの云う神様って何？」
「大変だ！　この娘大丈夫かしら……でもまあいつもの一人の食事よりはずっと楽しいし、美味しいわね。——これは否定出来ないけど……」
「何をぶつぶつ言ってるんですか？　キャメロンお姉様、お約束のもう一杯おかわりお願い！」
『酔いが回るの早いけど、冷めるのも早いわこの娘。さっきあんなんだったのに今は普通に戻ってる。シャキとしてるもの……一時はどうなるかと思ったけど、もうケラケラしてない。お酒に強いんだか弱いんだか？　これからはあまり多く飲ませないようにしよう。それにしてもお姉様と呼ばれるとゾクッとして髪の毛が逆立ちそうになる。お姉様はやっぱ慣れんわ！……』
「又、キャメロンぶつぶつ言ってる？　食べ過ぎて胃でも凭れた？」
「いえ、食事があまりにも美味しかったので神様に感謝してたのよ。」
「本当美味しかったね！　だいたい片付いたけど、これでいいかな？」
「助かったわ！　食器洗ってくれて——片付けまで、今日はお客様なのに……もういいよ充分よ私がしたよりもキレイピカピカダー。休んでちょうだい。デザートにりんご剥いたげるね。紅玉よ。りんごは紅玉でなくちゃあね。アップルパイに最適だけど、そのまま食べるのもっと最高！　日本では近年甘いりんごに押されてあんまり市場に出回らなくって、限られた旬の季節にしか買うことが出来ないのが残念だけど……」

「どうしてそのりんごがいいんですの？」

キャメロンはまるで手品師のように器用にあっと云う間に、しかも剥き始めから剥き終わるまで一度も切り落とさずに剥ききった。

「食べてごらん。食べれば判るわ。」と、メゾソプラノの声で促した——。

「食べれば判る？」　私はその剥かれた１個そのままを片手に取って、おそるおそる一口がぶっとかぶりついた。あ?!ッ…すると何故か一瞬脳裡に赤いりんごを持った裸のEve（イブ）の姿が浮かんだ??……——私はその顔を覗いた——その顔は私でもキャメロンでも、知らない西洋人でもなく、何と!!　まだ若い母の顔、姿であった……⁉　が、幻（まぼろし）は又一瞬消え、りんごには楕円の歯型が艶めかしくもくっきりと付き、それを愛（いと）おしく見つめながら口を動かした——。

「私食べたことある。子供の頃よく母がキャメロンさんみたいに買ってきて剥いてくれたものだわ。酸味が強かった印象があるけど、母もこのりんごが一番美味しいんだって言ってました。……懐かしいですわ！　でもこれ食べやすいんでしょうか？　母もそうですが何をそんなに気に入ってるんですか？」

「とにかく美味しいのよ！　りんごって本来こう云うんだという酸味と甘みが堅めの果肉に、或る意味として詰まっているの……」

「或る意味として？」

「いい、今から言うことをしっかり聞くのよ。——それは何よりも甘酸っぱい青春の味なのよ。これから先の不安・希望・夢への苦労や努力。それからね、甘酸っぱくほろ苦い切ない恋の香り、恋の味なのよ。——ウフフフフ。そーら、あなたにも経験あるでしょう？　覚えがあるでしょう？」
「あー！　ハイハイハイハイ！　これから私も紅玉好きになりそうです。お姉様——」
「うーん、ちょっと違和感あるけどお姉様は……まあーいいっか。」
「お姉様は私よりずっとスタイル・プロポーション抜群だし、超美人だのに何故独身なんですか？」
「ハハハハハ私自身そんなにあなたが言うように美人だとは思ってないのよ。それに容姿やスタイルだけじゃあなく大切なのはその人がどういう心を持ってるかじゃない？　確かに最初は見た目から判断するかも知れないけど、その他知的であるとか、宗教観とか色々要素があるのよ。拒食症で亡くなったモデルもいるのよ。太り過ぎも問題だけど、スタイルの為ちゃんとした栄養・カロリーを取らないやせ過ぎも近年社会問題になってきてるの。モデルが全てモテて幸福な結婚出来るってことないのよ。そこらへんのこともうちょっとまりちゃん自覚しなきゃ……」
「それくらいの事私だって判っています——。私だって子供じゃあないし、もういい歳なんだから。ただキャメロンはどうしてかなって思ったから。私想像したんです。キャメロンは恋多き女だった。それで何度か結婚し、そのたび離婚したんじゃないかと——」
「ハハハハハそれじゃあ私はまるでスキャンダラスなどこかの国の女

優じゃないの。いつから私は映画やドラマに出るようになったのかしら――ウフフ。」
「そうかーそうだよねー。うーん？　私が独身だというのは跳ねっ返りで色気も無いこんなんだから自身まったく首肯(うなず)けるんだけど、美人で教養があって、優しいし、やっぱり異性は近寄り難いのかな⁇―それとも、キャメロンの理想が高いのかもしれないなあ……」
「あなたこそ何をぶつぶつ言ってるの？　勝手に私の人物像作らないでよね。」
そう言ってキャメロンお姉様はフフフとお笑いになって、「あなたはまだ子供ねえ、そしてやっぱりおもしろい人ね！」と、優しくやはりお笑いになりました。そして私を思いやるように私の瞳を見て、又話し始めたのです。
「あなたくらいの時、結婚を約束した人がいたのよ。」
「え〜！　なんでなんで？　ちょっと言わないで。こうでしょ。相手に仕事と結婚の選択を迫られた。しかし、キャメロンは仕事を取った。――そうじゃない？」
「そうだったらまだどんなによかったでしょうね。でも、私は恋を選んだと思うわ！　きっと間違いなくね……　彼ね、突然事故で亡くなったのよ……」
「ワァーごめんなさい。私余計なこと言っちゃって、本当にごめ……」
「フフフいいのよ。気にしなくて、もう随分も前の昔の事よ。それに今だっていい人が現れれば結婚しようと思っているから。でも私今こんなことしてるし、当面無理ね。――あなたこそ結構モテんじゃあないの？　かわいい顔してるわよ！　健康的で、スタイルだってどうして！　どうして！　今流行（はやり）のドクモ（読者モデル）に応募したら……受かるよきっと――」
「もう、いやだーキャメロンさん、そんな悪い冗談。本気にしたらどうするんですか！」
「何が悪い冗談よ、私は本当にそう思ってんのに。あなた妹でしょう――姉の言うこと信じなさいよ。」
「ハハハハハ、今頃酔いが回ってきたのかな、お姉様は――。ハイ、姉の言うことを信じます。私のことをそんな風に言ってくれるのは姉貴ぐらいのものです。有り難うございます。でも私はどこかの雑誌のドクモになれる素質・資質が例えあったとしても、その素養に欠けています。それにもうドクモをするギャルでもない、歳でもないようだし、謹んでご辞退させていただきます。」
「えー何？　何？　幾つかの難しい日本語のワード言ったよ。特にそうよって何なの？」
「そうよ？　ああ、素養のことね。普段から身につけた知識や教養、たしなみをいうのよ。たしなみ・心得とかいうのは或る事についてよく知っていることよ。趣味 hobby もそうよ。」
「いやーまりちゃんすごい！　いやー勉強になるわ――」
「ハハハ、お姉様恐縮です。」
「キヨウシクって？」

「え～、どう説明すれば……」 私は些とくしどろもどろしながら——

「相手を敬う言い方というか……相手に対してへりくだる、つまり謙遜するというか、尊敬を表す言葉、そう、そうよ尊敬してるのよ姉貴のこと。」

「私を尊敬してる。まあ、それじゃあ私の言うこと聞くよね。どっかのドクモにあなたの名前で応募しとこーっと。——」

「うわあ、間違って受かりでもしたら偉いこっちゃ！　私、街歩かれんよーになる。それに職場にでも知れたら恥ずかしくて仕事出来んようになる。恐ろしいこっちゃ！」

「でも銀行で話してくれたおばあちゃん達はきっと喜んでくれるんじゃない？」

「うん、それは絶対喜んでくれるような気がするな。どうせ受からないの決まってるけど……」

「そう、じゃあ応募用の写真１枚撮らせて——」

「え～、やっぱだめだめだめー絶対だめー。私は他にもっとやりたいことあるの。」

「フフフ、ハイハイ。それじゃあ、ミスコンはどうかしら？」

「ワァー！　何を言ってるんですか⁉　まだドクモの方がましよ。大体身長が足りないでしょう……。」

「だから読者モデルでいこうって言ってるじゃない——。」

「ハハハハハ。後で酔いが回るタイプね。お姉様こそアルコールは控え目になさいませ。」

「フフフ、まりちゃんに黙って勝手に応募しないわよ。でも残念ね。——それはそうと、まりこそどうして独身なの？　恋人か、いい人いないの？」
「あー、それがさあ、いないのよ。私の場合今は結構忙しいし、十代の頃から、私がいいなーと思う人は私をいいなーって思ってくれなくて、私に近づいて来る人は今度は私がいいなーって思わない。そんな感じなんだ。——うん、これからは失恋の時、お菓子ガツガツ食べてなぐさめるのやめよう。太るしさ……。そう、そんな時は紅玉丸ごとかじって食べよう！」
「私も頂こうかしら……」
「今度は私がりんごの皮剥きするわ——キャメロンナイフ貸して。」

—追加の文—
「私もりんごの皮を途中一度も切り落とさずに剥けるかしら——姉に出来て妹の私に出来ぬ訳はなかろう。私だって以前にりんごの１個や２個何度となく皮剥きをしたことはあるんだ。ナイフではなくりんごをうまく動かすんだ——ううん、でもこれはちょっとした無限大（∞）への挑戦だわ！」
「まり、りんごに何を小声でぶつぶつ言ってるの？　早く剥いてよ、私食べれないじゃないの。本当不思議な娘ね！　りんごとお話ししてる⁉　私、やろうか？」
「ああ、お姉様ちょっと待ってよ。急かさないでよ。無限大のお仕事

するんだからさー　∞のお仕事なのよ！　あ〜！　静かに切れそう……集中、集中。うん。まだ大丈夫、よかった！　まだこれからよ、もうちょっとで半分。ここからが正念場――そうそう、あー！　ああ！」
(始めから終わりまで一度も切り落とさずにリンゴの皮を剥ききると、その剥かれた皮の形は∞に似た形になる)

化粧（キャメロンの美容法）

「一度も化粧をしている顔見たこと無いんだけれど、化粧はいつどんな時にするの？」
「どんな時って、みんながするような時よ。今日もしていったわよ――」
「え⁉……すっぴんだったわよ。美しい顔立ちだけど、今もそうでしょ？」
「うふっ、有り難うそう言ってくれて。……化粧自体私の場合、世間一般の化粧とは違うのよ。」
私は彼女の顔を穴があく程マジマジと見た――。
「これでも私は若いＯＬの身だしなみの一環として控え目にではあるが、まず下地にファンデーションをつけ、そこに白粉や頬紅など、又目立たぬ色艶の口紅やアイラインなどを引き、仕事に向かっていた。
「その化粧法伺ってもいいかしら？　参考にしたいわ！」

「化粧法と云うより、美容法なんだけど——さあ、あなたの参考になるかどうか？」
「是非伺いたいわ！」
「私が云うお化粧と云うのは、化粧してもお化粧したと分からない、或るいは分かりにくいものを化粧と云うの。だからすっぴんとお化粧をした顔は双子のように似ているけど、違うの。」
「フフフフフ、なぞなぞみたいね。もう少し具体的に言ってもらえるかしら。」
「モデルの仕事では、ほぼ全部その手のプロが私の意志とは無関係に化粧やメイクをするの。だからモデルをする前と、特に辞めてからの話よ。市販の化粧品会社のものを買ってそれを使う場合もあるけど、どちらかと云うと自分で作る方が多いかな……例えばレモンやハチミツなんかで作るのよ。あとよく使うのはカモミールなどのハーブ類——先程も言ったように市販の白粉、その他の化粧品はある目的などの為に使う場合はあるけど普通生活においては使わない。今日も自家製のお化粧よ。普段出かけないで家に居る時や、そこら辺の買い物に行く時はそれこそすっぴん。化粧水もつけないのよ。冬場中学生の女の子がするようにリップクリームを口に、保湿クリームやハンドクリームなどを手に、それをウフフおまじないのようにちょこっとホッペあたりにつけるの。可愛いでしょ！」
「ハハハ、私も冬の寒い風が吹いて乾燥している時それと似たことするよ。私も可愛いんだから——」

「ハイハイ、私よりも可愛いと思うよ。それからその冬場以外の季節だけど、時折天気のいい日は２階のベランダで水着姿(ビキニ)で全身日光浴するの。もちろん顔もよ！」
「キャメロンだめよ。そんなことしたら紫外線でシミが出来ちゃう……」
「色々向きを変え、カラダのあちこち焼くし、そんなに長く時間かけて焼かないわよ。顔だけなら正面、右左横面合わせても15分余しかな。いやいや……もうちょっと焼いてるかも！　ウフッ！」
「信じらんな～い⁉　シミ、クスミ、シワ、肌へのダメージなどを考えてよ―。だめだめだめ私にはそんな真似出来ない。小さい私のマンションのあんなとこで（バルコニーせまいのよ）ビキニでなんて絶対無理！」
「普段からしっかりお肉や魚と共に野菜、特に果物などでしっかりビタミンCを摂って、適度の外気浴をするのは良いことよ。」
「それでも、そんなことをしてたら……」
「真っ赤な太陽からエナジーをもらうのよ！　私は80、90になっても顔真っ白でいたいとは思わないわ。まあスタンプで押したような大きなシミ、クスミは出来たら避けたいけど。――ほら、そうすると、このように顔がほんの少うし小麦色に、いい色・しっかりと引きしまった艶のある肌色になるのよ！　これこそが私の化粧下地よ！」

ふう～ん！…と私は大きく首肯き感心した。

「そう言われれば、キャメロンの肌って健康的な張（ハリ）がある――艶（つや）があるわ！　歳の割にはいきいきしている……」

「こら、歳の割には余計だぞ。」

「ハーイ！」

「別に真似しなくてもいいのよ。私が勝手にしている私の美容法なんだから――あと、バランスのとれた食事と充分な質の良い睡眠。それから腕立て伏せ、スクワット、腹筋、インナーマッスルの筋トレ、ストレッチ、歩くことなど身近に出来る運動、様々なストレスの軽減など――タバコは絶対にダメ、それからクスリとしての少量の…」

「お酒でしょ？」

「ウフッ、よく覚えていたわね。」

「１日コップ１杯程度だよね。」

「まあ、飲み込みが早い娘（こ）ね。」彼女は軽く私にウインクをして話を続けた。

「それからよく聞くんだけど、ダイエットの為の極端な食事制限はよくないわ。むしろちゃんと食べて、運動や適度の筋トレで筋肉を付けて基礎代謝をあげて、しっかりとした健康に良いカラダ作りが大切よ！――こう云ったことが私の美容法で、それが化粧法に繋がってるの。……私の言いたいのは、一番美しい肌は元々の肌の色だと言うことよ。その元々の肌をいきいきと輝かせるのよ。それを隠すようなことをするのは、大変惜しいように私は思う。――服装に合わせ、ファッション・オシャレでお化粧するのも明るく華やかで、素敵ないいことだと思うけど……」
「それ以上に特に私のように若い女性達の肌はしなやかで弾力があって、輝くような美しい肌色をしているんだよね。ウフフ……」
「まあ自分で言うんだから間違いなさそうね。……どうやらあなたはまだ若い女性達の仲間らしい、フフ、フフフ……」
「そうよお姉様見て、このコラーゲンいきいきヒアルロン酸ありありプリンプリンの頬っぺを――触ってみて、ほらほらうらやましいだろう。あぁーつねっちゃだめーあぁー。」
「だって触ってみてって言ったでしょう。ホホホホホこうして指で摘まなきゃプリンプリンかどうかわからないでしょうに、じたばたするからようわからんかった。もう一度触らせて……」
「ダメー、両手で左右の頬っぺつねるの、ワァワァ！」
「だからつねってないって言ってるでしょ。摘(つま)んでるんだって、――まあ君の言うとおり！　指を離したとたん、摘んだあとが消えていくぞ――まりちゃん、ワンダフル笑顔!!　プリプリ肌！　ワンダフルエクボ!!　プリプリ肌！」
「ハハハ……」
「え？…何？　今度は私が確かめるって……いいのよ私の頬っぺを摘まなくっても、あなたと一回り弱歳が離れてるだけだから。あなたと同じくらいプリンプリンに決まってるわ！」
「さあそれはどうかな？　フフフキャメロンそんな憶測だめ。ずるい。一回り弱歳が離れてるのよ、私もあなたの両方の頬っぺをギューッと摘んで確かめるの——」
「キャーッ、ワァワァ——『あ゙あ゙』〜〜！」
「フフフ……」
「何？　変な笑い方して、どうだった？　あなたとさほど変わらなかったでしょう。」
「まあそうね。摘んだ所の跡の戻りは若干遅かったようだったけど——」
「まあ！……」
「キャメロンの顔は、私のようにもち肌ではなくて、何かしらピンと張り詰めた緊張感のある肌ね！」
「張り詰めた緊張感のある肌……」
「キャメロン今度でいいから何時か老化と美容について話して欲しいわ——。」
「よし、老化と美容における時間概念と幸福について何時か機会があれば話すわ。」
「是非聞きたい、楽しみ。本当に。——」
　私は彼女の顔を見た——今まさにその顔は明るく笑っている……
「Good！ Beautiful‼　キャメロン健康肌！
　Good！ Beautiful‼　ほんの少うし小麦色、輝き！
　Good！ Beautiful‼　キャメロン艶肌肌色！
　Good！ Beautiful‼　張り詰めた美しい意思の集約！……」
「まあ‼……」

お茶の時　キャメロンの秘密

彼女の首筋から胸元に吊るされた青いペンダントがキラリと光り瞬き
　ミステリックに揺らいだ――。
紅茶を飲んでいた私は思わず唇をティーカップから離した……
「どうしたの？」
「キャッツアイが私の方を見て瞬きしたの⁉……」
「それで私の方を見ながら急に驚いた顔をしたのね。」
「生きているようでした！……」
「あーあ、これね。角度によって縦に少うし幅のある光の線が入り、ペンダントが動くと目のようにその光の束が複雑に乱反射して揺らぐのよ――フフッ。本当の猫の目のようでしょ。まさにキャッツアイなのよ！」
そう言って彼女は自分の首からペンダントを外し、私の首にかけてくれた。「これからは、これあなたが着けたい時に着けるのよ。」
私は神妙な面持ちでじっとしていたが、何とかやっとのことで、
「有り難う！」と言った。
「素敵よ！　想像どおり。あなたの目の色に、……容姿にとても似合っているわ！　ほら、そこの大鏡で見て――そう。ウフフ、ね‼」
私は彼女自身の輝き、オーラの一部を分けてもらったように感じた。
しかし彼女の青い目は「それは私の方よ！　私の方こそ……」と言っ

ている。――そしてその彼女の美しい宝石、色んなもの、様々な人の人生を見てきた青い目がキラッと光り瞬き、ミステリックに揺らいだ。――

私は母から幾つもの御守りをもらっていた――
それらは今も大事に持っている
これからもそうだ――
その一つは「祈り」だ!!　又、
その一つは「感謝」だ!!
――まだ幾つもある！……
私はキャメロンからもらった青い宝石を
その御守りの一つ「感謝」に、又一つしまっておくことにした――
身に着けたい時、いつでもこのペンダントを胸にかけれるように……

私はキャメロンからもらった青い宝石に
その御守りの一つ「感謝」をしまっておくことにした――
身に着けた時、このペンダントが私の胸の上で輝くだろう……

『ああ、それから私の今の仕事はブルーアイよ。』
『ええ？　うそー⁉　本当にブルーアイなんですか？　うそー⁉　うそですよね？　えー⁉』
――あの時の会話が何度も頭をよぎった――キャメロンの首筋から胸

元に吊るされた青いペンダントがキラリと光り瞬き揺らいでいた——私はその重みを自分の首に感じながらビスケットを口に頬ばり、お茶を啜った……
「ねえ、キャメロンさん。」
「何？　あらたまった口調で、さっきはお姉様で今度はさん付け？　キャメロンでいいのよ。あなた睡眠不足でしかも仕事で疲れてるんじゃない？　まりの為に用意した寝室に行く？」
「有り難う！　でもまだいいです。もうしばらくお話ししたいの。いいですか？」
「ええ、全然私はいいわよ、夜型だし。明日土曜だし。」
「キャメロンさんが、美術品、主（おも）に有名絵画、又ある時は超高級ジュエリーなど、しかもいわくつきの代物しか狙わない怪盗ブルーアイだなんて……私になんかに言っていいんですか？　私、誰かにその事話すかもしれませんよ。」
「まあ、それは大変ね。どうしましょ、ホホホホホ　ホホホホホ。」
「何がそんなに可笑しいんですか、笑ってる場合ですか？　もう！」
「だってまりあなたは私の正体を誰にもちくらないわよ。あなたはそう云う人よ。そうでなければ招待しても応じず、こうして今あなたはここに居ないはずよ。——それに確か君は私の妹じゃなかったかしら。妹が姉を売るようなことをするかしら——」
「ハハハハハ、それはどうでしょうか？　甘いわよ。お姉様。お姉様の首には相当な額のお金がからんでいるんだから——、私だって人の子です。それを言ったらだめだだめだと思えば思う程しゃべりたくなるんです。それにこの世はお金がものを言うんです。誰だって大金欲しいじゃありませんか。こんな私をどうなさるおつもりですか？　♫マネマネマネ、マネ、マネー　ア、アー♫さあ、さあさあさあさあー」

「フフフフフ、まりあなたやっぱり大分疲れているようね。本当に面白い子ね！　あなたを別にどうもしないわよ。そうねえ、しいて言えばグッスリおねんねして、体を休めなさいぐらいかな——お風呂も寝る前に入ったら効果満点よ。用意してあげる。アバのその歌私も好きよ。今度ゆっくり歌って聞かせてね。」

「キャメロン私の言うことを聞いて——私はこう言いたかったの。いい……これは提案でもあるの。誰にも言わないと約束するかわりに、ある条件があるの。それを聞き入れてもらえれば本当に絶対に口が裂けても誰にも言わないわ。……」

「何なのそれって？　その条件って何？」

「……あ、あのね……私も何でもいいから手伝わせて、お願い！」

「あなたがブルーアイの仕事を?!」

「そうそう！　イヒッ！　そうしたら私もブルーアイ。他人にしゃべる訳にいかなくなるわよ。いい考えでしょう——これでこのお姉様の懸念は解決ね。これで決まりだわね。うんうん。」

「まあまあそれはご親切に、でもちょと無理かも。おもいっきり高いビルの屋上から飛び降りたりする時もあるのよ。もちろんそれなりの装備をつけて飛ぶんだけどさ。護身術や格闘技も必要よ。あらゆる高度な知識・技能と道具・機器を使いこなせなくちゃあね。それにあなたは美術品や何よりジュエリーの知識が無いし、日本語以外に複数国の言語がある程度使えないときている。……あなたの云う懸念が無くなっても、あなたがそんな事（ブルーアイの仕事）をするだけでもう新たな懸念だらけになるわよ！」

「そ・う・な・ん・だ！　う～ん……」

「あなたとは友達になりたかったの……秘密無しの！」

「ハハハ、もう友達だよ。うん、それに姉妹よ——。」

「そう言ってもらって嬉しいわ！　本当光栄よ。」

「キャメロンもレオタードのようなものを身に着け、黒装束で顔や目に覆面とかマスクなんかつけるんでしょ？　格好いいんだから！——」

「まり、あなた何か勘違いしてるんじゃない？　日本のアニメかなんか、あれキャッツアイだっけ、あれの事言ってんの？　あれはアニメよ——それに私は１人で仕事をするのよ……」

「アニメのキャッツアイのような格好をするんじゃないの？　もちろんアニメのキャッツアイやバットマンのミスキャットじゃないことぐらいは判りますよ、いくらなんでも私だって——でもあんな出で立ちだと思ったんだけど……」

「ミスキャットやアニメのキャラクターのようなあんなセクシーで目立つ格好してどうするのよ。街歩けないよ。あんなのでいたら寒いし、暑い季節には汗ポタポタ、それに蒸れて大変よ——。真夜中に特殊な場所に潜入する時、その出来るだけ直前にあなたがさっき言ったような黒ずくめの特殊スーツに着替えるの。そして顔を隠すために覆面とかマスクなんかをつけるの。場合によっては顔を隠さない時もあるわ。その前後は大体ごく普通に見かけるどこにでもいるような人と態(なり)、出来るだけ目立たない服装で仕事するのよ。ただし髪を染めたり、かつらをつけたり、カラーコンタクトをつけたり、もっとすごい複雑な特殊メークや変装をする時もあるけど——」

「キャメロン背が高いから目立つよ。」

「そうなのよー、でもモデルとしては高い方じゃあなかったし、この頃私ぐらいの日本人女性珍しくないわよ。それに後々の肌のトラブル染(シミ)のリスクを犯してまでも、ほらさっきも言ったでしょ、ビキニになって普段から自然光太陽で肌を焼いているのよ。だから見て、まりの肌よりも私の肌の方が小麦色じゃあない？」

「うーん、どうかなーそこまではいかないよ。でも、そうだねえ、テニス選手とかアスリート的な日焼けした白人女性の肌って感じかな？うん、肌だけ見ると白人白人ってことないよ！」

「そうでしょう、うふふ。」

「そうだけどね、いくら変装しても日焼けしても、私のような大和撫子の日本女性になるなんて、やっぱ無理があるんじゃない。ただキャメロン日本語めっちゃ上手だよね！　書く方も……」

「有り難う！　まりにそう言ってもらえて自信持てたわ。ところであなた大和なでしこだったの？　ちょっとビックリ！　大和なでしこって、もうちょっと小柄で、ひかえ目でおとなしいけど芯がしっかりしていてと云うようなイメージがあるんだけど、日本人女性の美徳、優しさのある女性なのかなまり？……いやいやそうよね、あなたにあてはまるわね、ハハハハハそうよね！　別に私は……」
「どうせ私は少うし両肩幅張ってて、そんなに小柄で、ひかえ目でおとなしくないですよ……」
「何言ってんのよ、あなたはどちらかというと細身だし、大和なでしこよ！　現代風の。しかも直感が優れているし、人を見る目がある！」
「ウフッ！　だからさ、私と組んでやれば色々カバー出来んじゃない！」
「何よりも足手まといよ――」
「ひどい！　私こう見えても運動神経いいんですよ。バク転だってミスキャット並みに連続で出来るんですよ。腕立て伏せの最初の64秒で100回深く綺麗な型で出来るんだから。口も堅いし、目も耳も良い。そしてパソコン詳し、いやそれ程詳しくは。使える程度だけど……そうそう大学の時サークルで１年半ほど合気道と弓道かけもちでやってました。それから……」
「もういいわ。――でも捕まったらどうするの？　あなたの人生終わりよ。その仕事するにはそれだけの理由と覚悟がいるのよ。捕まっても私のことは言わないでしょうけど、私はあなたを助けられないのよ。世間のさらし者――あなたのお母さん泣くですまないよ。それから仕事上で或る種の組織や人から私達命を狙われることも場合によってはあるのよ。」
「そんじゃあ、実行には当面加わりません。あーあ、ミスキャットに一回なってみたかったんだけど、ただコスプレだけなんて好きじゃあないし、見かけだけの衣装を着るのはいやなの。……うーん、こうしましょう——」
「どうしましょう？」
「私、事務に当面専念します。」
「そうよ。今の銀行の仕事するのよ。よかった！」
「違います。キャメロンさんの事務。つまり助手よ。秘書、裏方、連絡係とか……うーん、現場じゃあなく、自動車(くるま)とか家でキャメロンさんが仕事しやすいように手配するんです。……ムフフ。」
「ミスキャットのようなカラダのラインが見える黒のスーツを着て、目に仮面やマスクをつけて私と高層ビルに忍び込むなんてことはなくて、普通の動きやすい地味な服着て、仮面の代わりに耳にヘッドホン付けて、あなたは私の愛車(ブルーアイ)や、別の専用ワゴン車で現場の私と連絡し合う——まあ、そんなようなこと？」
「当面は実行以外のあらゆる作業の手伝いよ。グフフ足手まといにならないようにさ——」
「生半可な気持ちや遊びでは出来ないのよ。１回１回命がけよ。」
「生半可で言ってません。」
「盗癖やただお金目当てではなく、不法に盗まれたジュエリーや美術品を、本来の持ち主から特殊ルートを経て依頼を受け、それを取り戻す仕事が主。その仕事は頻繁にしない、むしろその前後の煩雑な計画や処理、後始末、色々な準備に時間・日数がかかり大変労力がいるから、それを手伝ってくれるのはすごく有り難いような気もするけど……今の銀行の仕事はどうするの？」
「様子を見、当面続けます。銀行の仕事も今まで通りちゃんとします。だからキャメロンの助手をするのは土、日、祝日、必要とあらば有給休暇になります。」
「それじゃあ、あなたの休みが無くなるじゃあない……」
「ウフッ、そんなことはありませんよ。——私の休日は私のやりたいことをする日ですから！——」
「まあ！　哲学的響きのある素敵な言葉ね。……明るいあなたの呼吸、息づかいが聞こえてきそうな名言ね！」
「ハハハハハ、え？　——本当に！」
「フフ、そうよ。——でもね、まり。ポジティブな姿勢もいいけど、疲れや睡眠不足、ストレスは特に女性にとっては美容の大敵よ！」
「ワアー!!　それを言われると、もはや美しき十代をとうに越えた女(わたくし)はつらい!!」

4章　自宅のまり

まりの入浴

お風呂の湯船に気持ち良くつかっていたが、いつの間にかまりはそのまま眠ってしまった。――多分10分そこそこして顔半分以上湯につかったのであろう。ブクブク　ブクブクブクブクブクとうとう頭のてっぺんまで沈み込み、息苦しくなり、水飛沫と共に動物のようなうめき声をあげてザバッと、不意に不意に顔を持ち上げた。――

「ブハー　ブウウウウウ～ヴァ！……！！！！　又風呂で眠ってしまった！　これで溺れ死にでもして、こんな裸の姿で発見されたらどうするんだよ。いかん、いかん、恥さらしもいいとこだわ！　乙女のすることではない。本当に気をつけなくちゃあーブツブツ……」

胸はまだドクドクと鼓動し、おでこや首筋には大きな汗粒がジワジワとにじみ、唇やアゴからは湯水がポタポタ止まることもなく滴り落ちている。そして濡れたうなじの何本かの髪の毛がくるくる丸まる。――蛍光灯の白色光が、湯船から出たしっとりとしたカラダに生々しい官能的な陰影をつける。立ち登る湯気に揺らぐ顔を一度鏡に映し、「よし！……」と何か自分に言い聞かせるなり、そそくさと頭と体を――足裏とその指先まで洗った。そして少しの時間追い焚きをして、その湯を手桶に何度もくみ、そのつどそれを高々とかなり上の方まで持ち上げ、ザザーッと石鹸の泡のついた体にかけ流した。

「ハア～、すっきりした。これで少しは心や気持ちに付いた垢も洗い流せただろう。もちろんカラダもスベスベよ！　イヒッ！」
そう言ってまりは立ち上がり、自分の洗った腕やカラダを俯（うつむ）きかげんに見てみた。
「ワァ！　キレイキレイ、キレイよー！」
もちろん誰も返事・賛同する者は無かったが、先程溺れかけた浴槽の縁（ふち）を大きく跨いでザブーンと音を立てて再び湯船につかった。そして今度はしっかりとした顔立ちで鼻の穴と目を幾分上に開けたまま「ウフウフ」と口元をゆるめながらこう言った——。
「ああ‼　気持ちいい……ごくらく～～‼」

風呂から上がると、野菜炒めに魚の切り身を焼き、即席の味噌汁とご飯を用意し食べた。今日のデザートはオレンジ１個、これはビタミンＣの補填のつもりだ。まりも少しは美容・健康のことを考えていた。
「人は誰でも老化するんだ。いやいや女はいつまでも美しさを求め、求められるんだ。キャメロンに出会って本当ラッキーだった。私は彼女の美容法がバッチシ合っているように思う。これからはこれでいこう——。とにかく丈夫な体（カラダ）を維持し、この先病気にならないようにしなくちゃあ。体重・ＢＭＩ・体脂肪率・内臓脂肪レベルそれぞれ少しだけ高めだけど、サービスサービス気にしない。これくらいの方が私にはいい。無理な食事制限などしないぞ。でも間食は控えよう——ウンウン！　筋肉量も言うことなしだ。日頃の運動・ストレッチの成果出てる。それによく歩くし、その所為（せい）か足が余計太くなったような気がするが、…ま、いいっか。パリコレに出る女じゃあなし、筋肉美、筋肉美、そう解釈しよう。苦手の腹筋運動が、あ～あれはしんどいな！　でもちゃんとやらなくちゃあ――アーハイハイ喜んでやります。まり了解！　そうだよー病気にでもなって寝込んだり入院したり大ケガするよりはずーっと楽だしいいと思えば……幸せはすぐ身近なところ、手近なところにあるのよ！　ってお母さん言ってたな……アイアイサー！」

先週の会話（理想美人と、キャメロンの母）

ヘルスメーターから降りたまりは先週キャメロンの家に遊びに行った時の或るやり取りのことを思い出した。

「そう言うけどキャメロンは背が高くて脚は長くスラッとカラダ全体スタイルいいもの。ワーそれに目鼻立ちパッチリ色白のすごーい美人なんだから、そんなこと言えるのよ……！　ついでに出る所はしっかり出てるよ、くやしいけど――」

「ハハハハハ、胸は確かに私の方があるかも――でもヒップは同じくらいか、むしろあなたの方があるかもしれないわよ。」

「ワァ！　それ言うかな⁉　お姉様よっぽど私プロポーションいけてないってことじゃん！」

「まあ！　何をおっしゃるかと思えば、まりのプロポーションとてもいいわよ。モデルだった私が言うんだから間違い無いわよ。バランスいい、本当よ！　まあパリコレ向きじゃあ無いだけよ。」
「うーん、何か引っかかるなあー……」
「うふっ、あのね私は比べるのはあまりいいとは思わないけど、まりあなただからあえて言うね。私はあなたの方が美人じゃあないかしらと思っているのよ。」
「キャメロンよりも私の方が……？」
「そうよ。――」
「キャッハハハ　キャッハハハハ、そんな嘘誰が信じるものですか⁉　キャメロンダメダメそんな御世辞、ダメよ――」
「あのねー、私はもう少し背が、もう少しだけだけど低い方がチャーミングでいいと思ってるし、脚もあなたぐらいのしっかりした太さの方がセクシーで素敵！　それにこの鼻必要以上に高過ぎると思わない？　ちょっと邪魔な時あるのよ。目も口の大きさもあなたぐらいでいい。――私から見るとあなたはとても美人よ！」
「ハハハハハ、私がキャメロンより美人⁉　笑っちゃうよ。それはジョークだよ、誰にでも聞いてみてよ。みんな笑っちゃうよ、ハハハハハ。私に少しでも自信つけさせようとしているのは有り難いけど、そんなのダメよ、キャメロン。――」
「まり、私はまじよ。私はあなたにいい加減な嘘を言うような人間に見える。まじよ！」
「まじ⁉　本当にまじで……」
「そうよ！　絵我まり。」

「……キャメロンは私くらい鼻が低いのがいいんだ。目も口も……うふっ、なんだ。背ももうちょっと低い方がいいんだ。」
「君の背丈はまあ欲をいえばもうちょっとあった方がもっといけてるとは思うけど、今のでも低いと云う訳ではないよ。」
「そうでしょー私もそう思う。せめてあと数cm、いや8cm高ければグーなのよー」
「ハッハハ、そうでしょうねえ。それから誤解しないで欲しいんだけど、何も自分の今のプロポーションや顔嫌いじゃあないのよ。とっても気に入ってるし、大好きよ。もちろんこの鼻も口も目も身長もよ。でもさっき言ったこと嘘じゃあないのよ……。私の美意識観というか、憧れというか、美人観というか、あくまで今の私の理想を言ったの……」
「うーん、ハイハイハイ！　私も同じよ。……自分の顔や姿がもうちょっとこうだったらとか、ああだったらどんだけ良いのにとよく思うもん。でも今の自分が一番好き！」
「そうよ、何故って私は私だからよ。それとね、ママととても似てるの。ママの若い頃の写真みるとビックリ、恥ずかしくなるくらいもうそっくりよ。立ち姿、顔形、目鼻立ち、瞳の色、一見ちょっと意地悪そうにも見える（本当に意地悪じゃあないのよ）口元の笑み、いたずらっぽそうな目つきまでみんな——みんな全部私の誇りよ！」
「まあ、キャメロン素敵だわ！　最高！　私もそう思いたい。きっとそう。」

それからキャメロンは安心したかのように大きな胸で、大きな吐息を一つ「フーッ」とついた。

「フッフッフ、でも、性格・気質は親子だからそりゃあもちろん似てるところもあるけど、大分違うわよ。」

「え⁉……どう違うの？」

「話してもいいけど、あんまり面白くないよ。」

「いや絶対面白いと思う。お願い、キャメロンとお母さんとの関係を……何か具体的な面白いエピソードあるでしょ？　お願い！　話して──え、あるのねフッフフ、その顔つきからすると、母娘和気あいあいの美談じゃなさそうね。何かで衝突したとか、う～ん、何だろう？　ボーイフレンドとの交際に干渉したとか、いやいや違うな～、モデルの仕事に反対されたとか？　とにかく二人の間に何か確執的なにおいがするなぁ……ね？　何？　何⁇　うん、もちろん聞きた～い‼」

「カクシツ⁇──ちょっと待って、カクシツの意味を辞書で調べるから──」

彼女は分厚い何かしら辞書らしきものを開きフンフンと首肯いた。そしてニッコリ笑って「まりの期待裏切ることになるわね。確執とまではいかないわよ。それでも聞きたい？」

「フフ、私は冗談で言ったのよ。もー、聞きたいからそんな風に言っただけ、確執無くてもあってもどっちだっていいから、お母さんのこと話してよ。」

「フフ、それならいいわ。──彼女は自他共に認める才女数学者で、大学で研究をするような人よ。現在はしていたと言った方がいいかな……話がややこしくならないように手短めに話すね。——例えば美術館で等身大の大理石のビーナス像を見ても、黄金比など数学的にその美を見るのよ。私だったら情感や感性で真っ先に受け止める。」
「……知性的な女性なんだ！　私は尊敬するよ。あなたのお母さん——。」
「ハハハハハハハハ、私も数学者としてだけじゃなくて色々尊敬するよ。でも……」
「でも？」
「でも色々変わってるのよ！　私も人のこと言えないけど……」
「家庭を顧みないとか？」
「そんな、いいえ家族を大切にしていたわ。何ていったらいいのかな……そうそう、彼女の髪型10代前半くらいの時からずーっと今でも同じなのよ。それに……」
「ハハハそんな女性他にも居るんじゃない。でもそれで変わっているなんていえるかしら——どんな髪型なのか、参考にしたいわ。」
「あなたの髪型の参考になるような特別なものでも、めずらしいオリジナリティーのあるものでもないけど——うーん、あれ、あれよ——歴史の教科書か、何かの絵で見たことがあるでしょうジャンヌ・ダルク。彼女のような短いヘアをしてるのよ。ほぼ絵とそっくりよ。」
「うん、知ってる。有名な話だし、絵もよく知られたものだよ。本物の絵じゃないけど何回も見たよ。その当時西洋社会では女性は髪を長く伸ばすのが社会常識だったんだよね。それをジャンヌ・ダルクはあえて。」
「その事と母の髪型とは多分関係無いと思うけど、ヘアースタイルはジャンヌカットなのよ。…しかも美容院に一度も行ったことないのよ。」
「じゃあ理髪店に行くの？　男の人が行くような……」
「まさか！　あー違うのよ。半世紀程、年に何回か髪が伸びたら適当に自分で自分の髪を切りそろえ整えるの。」
「へえ～！　凄いなあ！……器用なんだ。」
「どうだか、ハサミで髪を切ることぐらい誰にでも出来るからね。ただ後ろ(うしろ)の方の髪を切るのには後ろの大鏡を頭をひねってそれを手鏡に映して見ながら切るので手こずっていたのと、母は自分の部屋で髪を切るので床にバラまかれた髪の掃除が後(あと)大変だったみたい。」
「ま、ちょっとだけ一般の人達のすることと違った事をしてらっしゃってたかも。でも、別に悪いイメージじゃないよ。自分の事は出来るだけ自分でやる。なんだ、とてもいいことだよ！」
「でもよ、普段からケチでもないし、経済的な理由でお金に困ってる訳でも節約でもないのよ。髪伸びたら普通美容院に行くよ。行って色々してもらうよ。母のような女性(ひと)まず居ないよ。」
「そうよね。そんな女性(ひと)ばかりだったら美容院お手上げだよね。」
「ハハハハ、母今頃クシャミしているかも、まだ風邪(かぜ)の季節でもないのに誰かが私の噂をしてるな⁉　って。」

「キャメロン、そう云う女性（ひと）私の身近に居るよ。」

「え、嘘。まりの身近に、本当に？　信じられない！　日本にもそんな女性（ひと）が⁉」

「うん、ただ半世紀には全然程遠いし、ジャンヌカットじゃないし、一つの髪型にこだわらないで、ロングヘアもショートヘアもバッチリ。ポニーテールしたりツインテールしたり、時にはストレートロング髪（ヘア）でサラサラー。又或る時にはコテで髪を縮らせ、巻いたりの変化！彼女はもう８年くらい理髪店にも美容院に行くこともせず、その時々の気分季節感・社会感などによって、自分で自由にその愛くるしい髪をカットして、ヘアスタイルを探すの……。」

「そう云えばまりちゃん、私だって時々色んな理由で自分で長くなったりした髪切る時ある。ある。――そのまりのいう彼女って、あ、あ～あ……うん、うん。あの娘（こ）ね？　あの悦ちゃんでしょ？　あの娘ならやりそうね。――」

「ノン！　ノン！　悦ちゃんは、私の知ってる限り前からずっとストレートロングヘアのサラサラサーよ。」

「てっきりあの娘（こ）だと……」

「でも、その彼女今の私の職場に居るわよ。」

「へえー、そうなんだ。――どんな女性（ひと）？」

「こんなひとよ。イヒッ！　私よ！」

「キャ‼　まあー‼」

「やっぱりキャメロンのお母さん私からみると、とっても魅力的よ。数学以外何か趣味は無かったの？」
「…色々あったわよ。アーチェリーとかトレッキングとか、ずーっと続いてるのがやっぱりガーデニングかな、昼夜問わず普通の街並もよく歩いている。学生の頃は陸上部だったみたいで、その頃の写真が何枚もあるわ。短距離走と、他に特に好きだったのは走り高跳びよ。女性がバーの上の空間を跳ぶ時、それは世界一短い舞踊だと私によく言ってた！　その踊りは花火の花よりも短くて、そして解き放たれた女性の肉体がその五官が体の匂いまですら消したかのように一瞬宙を舞う美しい踊りだって言ってた。」
「ねえ、この場合の走り高跳びのbar（バー）は何かの結界か境界、臨界線みたいなものじゃあない？　ジャンヌ・ダルクのような髪の乙女が、バーに向かって走り、脚を蹴り上げ上体をすうーっと大きく斜め上に浮かせる青い空の下飛ぶ宙に舞う世界一短い踊り――天才数学者のキャメロンのお母さん、まだういういしい女学生の肉体と連続運動に何を見据えてたんだろう……」
「うふっ、母が私に示した方程式をあなたが解きにかかってる！――」
「私、理数系じゃなく、どちらかと云うと文科系なの。つい、いい加減な直感を言ってしまった…。」
「何言ってんの。もし今まりが言った事母が聞いたら大いに興味を示し、喜んで目キラキラさせるわよ、きっと――」
「ハハハハハ、本当に？」

「私が解こうとしてない、或るいは解こうとしても解けなかった方程式の一つよ。それで何を見据えていたと思う……」
「うーん、二(ふた)つあると思う――」
「二つある!!　何と何を見据えていたと思うの？」
「キャメロンのお母さんがその時にこう思っていたとか、ああ思っていたとかではなく、半意識下で思っていた。あるいは後々(のちのち)にお母さんはこんなことを思っていた、見据えていたんではと私が推察することよ。今から言うことは――」
「いいのよそれで！　それがあってるかだとか、的外れだとかそんなことを聞こうとしてるのじゃなくてよ。あなたに興味があって、あなたがどんな風な事を言うのかワクワク!!　してるんだから――」
「うふっ！　そうだよね。有り難う、私の事をそんな風に言ってくれて……」
「もー、あなたは私の妹じゃないの。それに友達よ。二つって何なの。」
「一つは……うふふ！　キャメロン、あなたよ。」
「女学生の母が、私を――!?　まだ生まれるかどうかも知れない私を……それから随分先の年月よ、私が生まれたのは……うーん……うんうんなる程そうか！　そうかも知れない。」
「もう一つは、女性の未知なる自由の自立よ！」
「頭から足の先まで身体(カラダ)を大きく反り曲げてbar(バー)を飛ぶ若くて純真な母の姿が目に浮かぶよう――写真から飛び出してハアハア胸をふくら

ませ息づかいすらしているわ！」
「きっとキャメロンのお母さん、それらのことを数式で表そうとしているのよ！」
「そうかも。あなたが言った事を母が聞いたら（さっきも同じようなことを私言ったかも知れないけど）ガーデニングする手を止めて、虹色のあなたの言葉の意味の解析に掛かるわよ、きっと。――どうしよう、今度会った時にでも伝えよう。言ってみよう。キャッ‼　これは楽しみだわ‼」
「キャメロン、それはどうかな？　こんな私達の会話伝えるのは……私頭の弱い娘（こ）と思われるんじゃあない。実際あんまりよくないかも。特に数学の成績やばかったのよ。化学（ばけがく）の次によくなかったの。もっと頭の良い友達選びなさいって言われるかもよ――」
「ハッハハハハ、言わない！　言わない！　絶対に言わない、大丈夫。何を言うかと思えば、――もう何を言ってるのよ。母は確かに色々変わったとこがあるけど、私には理解しにくい事もあるけど、御人好しでとてもいい女性（ひと）よ。あなたのことを話したら、きっともう一人娘が出来たと喜ぶよ。」
彼女はそう言うとベランダの方に歩いて行った。
「こっちに来て、雨も止んで星も月も綺麗に見えるでしょう。」
そう言ってガラス戸を開けた。まりもベランダに出てみた。広いベランダから空に意識も広がるように思われた。
「うん、綺麗だね！　子供の頃母が、月にはうさぎが居ておもちをついてるのよってよく言ってた。」
「フフ、本当だ！　うさぎのように見える。あそこの白いところよね。」
「お母さんの事何だかんだ言っても大好きなんだ。」
「あなたもそうでしょ？」
「今は大分母のこと好きになってきたかな？　ってとこかな——ハタチ頃まではけんかばかりしていたのよ。フフフ、心配ばかりかけてきたような気がする。恥ずかしいけど本当よ。小さい頃から母子家庭だったのに親不孝してたの。今は反省、反省よ。いけない娘だったの！」
「あなたを見てたら、まりのお母さんとっても良い人だってことよくわかるわ！　一度会ってみたいわ……」
「ハハハハハ私に青い目の姉が出来たと知ったらビックリするわよ、きっと——楽しみね！」
「見て！　空を！——私の母も澄んだ満天の星空を見て美しいとは感じ、思うの。でももう一つの瞳でその夜空とその先の幾つもの幾つもの銀河と宇宙を、量子物理学的に見るの。フフフフフ、大変でしょう。でも母にはそれがたまらなく魅力なの……私にも多少理解出来るんだけど、それに憑りつかれた世界にはついていけないわ！　私だったら、彼と二人で肩寄せ合って星空を見てればもう私の胸はロマンチックな想いで一杯になるじゃあない！　この地球だけで充分よ、バンザーイよ！　抱き合って熱いディープキスをし合う、それが私の宇宙すべてよ。」

「ハハハハハ、キャメロンすごい！　すごい！　すごいわー。私もロマンチック大好き！　ふう～ん、キャメロンの場合ディープキスなんだ。フッフッフフ、それでそのキスの後はどうするのかな……」
「いやだー、そこまで言わせないでよー、それは逞しいあなたの想像に任せるわ。」
「ハイハイ。でもね、キャメロン。そんなロマンチックな夜を過ごす為には新しい恋人が必要よ。」
「まあ!!　今のあなたにそれを言われたくはないわね。」
「まあ!!　キャメロン言ってくれたわね。——うーん……お願いもう一杯お湯割り焼酎頂戴。」

——部屋の椅子に座り直した二人はちょっと吹き出しそうな顔をしながら互いの顔を見た。
「でも、素敵なお母さんだよ！」
「まあね。有り難うそう言ってくれて——。でもね、偉い母を持つと子は大変よ。」 そう言ってキャメロンはまりにニッコリ笑ってウインクしたあと又、椅子から立ち上がった。
「ちょっと待ってて、すぐ戻って来るから——」
「トイレ？」
「違う違うトイレはさっき行ったばかりよ。アレよアレ。」
「アレって？」「持ってくる。」「何を？」「アレよアレ。」
白百合のような彼女の後ろ姿が階段を降りて行ったが、程なく何かを持って戻って来た。
「キャメロン!!……」
「今日はもう焼酎はダメよ。でも、でも、これはワイン。甘口の美味しい赤ワイン。飲みましょう——」
「ワァー、ヤッター！　キャメロン心までビューティフル！」
「フフフフフフ、ダメよ御世辞言っても……このワイン、グラス一杯だけよ。」
「アイアイサー、了解。ワイングラス一杯のワイン。それこそ幸せ一杯の恵みの美酒！」
「そうよ、あなたと私の素敵な母にカンパーイ！」
「あなたと私の素敵な母にカンパーイ！」

洗濯物をタンスに取り入れる

まりは小さなバルコニーに干してあった衣服や下着を取り込むと、先程お風呂の後すぐに洗濯し、脱水して置いた洗濯物を入れ替え干しに行った。そしてふるさとの街並みと、実家の物干し台から見た夜空を思い出した。しばらくして、まりは何度かまばたきをした。すると今自分の目の前にもバルコニーから眺めた都会の空にも満天の星が広がり鮮やかに輝いていた。彼女は部屋に戻る時に、星座に手を伸ばし幾つかの星をつかみポケットに入れ、持ち帰る仕草をしていた——
服や下着・スカートや靴下・タオルなどを丁寧(きれい)に畳み、タンスに仕舞うと、今着ている部屋着のポケットからまぶしく光る星を取り出し、手に取った。
「これも宝石箱に仕舞って置こう。」
そう言うと、今し方乾いた衣類を入れたタンスの引き出しを開け、そこに星を入れた——。
「それは宝石箱じゃないよ、タンスだよ。」
「まあ！　これは宝石箱でもあるの。ここに服を入れるの。私にとっては身に着ける物、着る物は石じゃあなくても宝石と変わりない大事なものよ。いいえ、それ以上の宝物よ。それからこの星は夜の道標と云う名の宝石よ。一日したら消える星だけど、タンスにこれを入れて置くと、その光りで洋服が、その他の衣類もみんな浄化されるの！……」
「へえー、そうなんだ！　誰からそんなことを聞いたの？……自分で？」
「母よ。私のお母さんから——」
まりははっとして、あたりを見回した。
「あなたは誰？　どこからか声だけが私の頭に聞こえるんだけど……」
「ああー、いや、驚かしてごめんなさい。どうしても君と話したくなって、つい……」
「帰宅してからずっと私を見てたの？」
「今の僕は君を目で見ることは出来ない。感じるだけだよ。心配しないで……」

「何も心配していないわ。あなたの声を聞いていると、何だか安心する。それに懐かしい感じがするわ！」
「有り難う！　そう言ってもらえて――」
「やっぱりそうだわ！　ホッとすると云うか、温かい気持ちになる。本当よ。本当だってば……」
彼女は頬をポッと赤らめた。――
「以前どこかで一度会ったかしら？　ただ顔が思い浮かばないの……それが残念だわ。」
「僕もそうなんだ。君のそばに居て話をしていると、温かい心持ちになる。それで我慢出来ずについ声をかけてしまった。」
「ねえ、ねえ、もしかして、うふふ！　まだ見ぬ未来の恋人？」
「それはー、……そうだったらいいんだけど、その可能性は目茶低いと思うよ。それに君は僕の顔すら見てない、知らないんだよ。」
「そんなー⁉　ダメよ、そんな弱気じゃあ……」
「でも、……」
「も～、でもも案山子もないの。――あのねえあなたは私がお風呂に入っていた時にはもうここに居たんでしょう。きっとあなたは私の裸を見たはずよ。――ああ、もう私はお嫁に行けないわ‼　どうしてくれるの？　あなたが私をお嫁さんにしてくれる以外に方法がある⁉」
「ええ⁉　ごめんなさい！　いや、違う違う――裸見てない！　だから今もさっきも僕は君が見られては困ること、恥ずかしいことは目で見る事が出来ないんだ。見えないんだ。本当なんだから――。」

「本当だかどうだか？　怪しいー！」
「う～ん⁉」
「うふっ！　うふうふ、冗談よ。冗談！」
「あ～よかった……」
「今とりあえず、まず友達になれるかしら？」
「とても光栄だね。君が僕のことを友達と感じた時から、僕も君の友達さ！」
「うふっ！　友達だけでは物足りない気がするわ……」
「――有り難う。でも、５年程したら、いや、もうちょっと先かも知れないけど多分どこかで僕らは出会うよ！」
「え⁉　やったー‼　本当に……？」
「ただ、今日今の事は、会話も全て記憶から消えてるよ。君だけではなく多分僕も……」
「そんなあ……まり超不服、もう絶対不服よ！　ありえなーイ……！」
「その時、再会した時の僕は声だけではなく、姿形、もちろん顔もちゃんとある人間だけど、記憶が消えている上に、僕の顔を見て話をしてみて、僕は君のタイプじゃないかも知れないよ。」
「ＮＯ、もうそれ以上マイナスなことは言わないで、お願い！　記憶が、今の記憶が例え消えてしまっても、無意識下の記憶と云うかなんて言ったらいいか、今この記憶が今現在私にある以上、私の存在が消えない限り今の事を全く全て誰にだって、どんな者にだって消し去ることなんて出来るかしら？　私の実存の本質を消し去ることなど出来ないわ。……何年後であろうと、いつの日か私は必ずあなたを探し出すから——ブツブツ……」
そう言うとまりは安心したのであろうか、疲れていたのか、ハートのアンテナを宇宙に広げスースーと座ったまま眠ってしまった——。

「あー！　又だ。まりちゃん起きて、風邪引くよ。布団で寝るんだよ。まりちゃん、まりちゃん、——」
——と言う声がまりの部屋に優しく鳴り響いた。——

二人の同僚（ともだち）（悦子といちご）

今充電している机上のノートパソコンを無表情のまま開け、画面を数秒間見ると又閉じた。ＰＣ（そこ）にはおよそまりの心の記憶以外の記憶、——種々多大な彼女にとって必要なデータが保存され、職場のＰＣ（パソコン）だけでなく、自宅にあるこのＰＣ（パソコン）も仕事、その他の事で色々アプリなどを使ってはアレコレ検索し役立ち欠かせない……。しかしその割にはソーシャルネットワーキングサービスにまりの同僚など周りが関心を持ち、首を突っ込もうとするのに反し、彼女はそれが仕事上必要・関わりがある場合を除いては、ほとんど利用することもなく、そこに楽しみを見出そう、興味を引き出し示そうとはあまりしなかった。又、ネットで買い物（ショッピング）をしたと云うようなことも聞いたことがない。そうだ何よりもこのまりのＰＣにＯＮのボタンが押され起動している時も、してない今のようなＯＦＦの時もその液晶画面に自分の流れるような心理の波を映さなかった……。近年華々しく迫るＡＩ（人工知能）技術の台頭とボーダレスの世界を尻目に、それを無関心ではおれないと眩しそうな目で自覚しつつ、自分の周りの不思議な世界（現実の矛盾に満ち溢れた世界）を出来る限り近く、遠く、広く、それらを身近に展望し、自分の知りたい情報世界を（これはテレビなどのメディア全般においても同様だが）ＰＣにおいてもマクロ的に許されるならば場合によっては、いつもシリアスにとらえるだけではなく、爽やかな風を身に受け、憧れの色と景色を世界に、人々の営みに映し見い出そうともしていた。が、とはいえやはりＰＣ(パソコン)とは一定の距離を置いていた。まりのこう云った態度は後輩の新しがり屋、今時の若い人らしい悦子らにとっては（まりも充分若いのであるが……）理解しがたい事で、仕事以外においてもネット関係の最新情報・知識や、その積極参入をしきりにまりに紹介勧めている。それはそれでまりも最新動向として有り難く耳に聞くには聞くが、唯々(ただただ)フンフンと聞くだけである。それから何よりも悦子達を失望させ、がっかりさせ、大いに不満に思わせる事が……ただこれはパソコンだけではなく、もっと身近にある携帯電話のことで、メールをまりがやらない事だ。……

或る日のこと、早朝の朝日の匂いと空気・光(ひかり)をそのまま姿、顔に持ち込んだ女子行員達が、ガサゴソシャッシャ、カチャンカチャンと朝の体操をするかのように職場の更衣室で着替えをしていた。ツンとパウダーなどの化粧品や香水の香りが朝の清純な空気とせめぎ合い、もうそれは上回ろうとしていた。――そのうちバタン、バタンとロッカーを閉める音がしだし、ほとんどの女性が少々気を引き締めた顔付きで足音だけをさせ、又話し合いながら更衣室を出たが、まだ時間がゆったりと有るようで、部屋の一角にまだ何人か残っていた。

「悦ちゃん、絵我さんメールアドレス無いの知ってる？」

左薬指の爪にだけイチゴショートケーキのネイルアートを施し、その他の指爪は光沢のある透き通るようなエナメルが塗られている。口元のホクロを悩ましげに動かしながら同僚の女性が言った。そば近くに居たまりにも当然聞こえていたが気にも留めず、制服に着替えた姿のまま、開いたロッカーの扉に付いている小鏡を見ながら髪を手づくろいしていたが、悦子の顔が「うそー⁉」と言いながらすぐ目の前に近づいて来た――

「イチゴショートの言うこと本当？」

「うわ！　近い、近いな悦ちゃん朝から顔が…ええ、本当よ。イチゴちゃんに以前あなたがここに来る前メールアドレス教えて？　って聞かれた時のことを言ってるのよ。どうしたのよ⁈　二人共そんな顔して……うわー‼　恐（こわ）‼」

そう半年近く前になろうか、すでに悦子もまりに一度メールアドレスを聞いた事があった。しかもその時は『そんな余計な事に神経を使わない使わない。今はとにかくちゃんと仕事を覚えて、一人前に自分一人でお客様にしっかりとした応対をして、信頼してもらえるようになることに専念しなくちゃ。それには私は応援し惜しまず色んな事を教えるわ。』そう言われ、がっくりと頭(こうべ)をたれた悦子だったが、今や一人でバリバリあたふた、時には横歩きしながら仕事をしていた。
「ねえ悦ちゃん、あなたからも言ってよ。今時メールアドレス無いなんて、いつでもどこでもの意思疎通出来ないじゃん。それは寂しいな！　それは寂し過ぎるわ！」
ボブヘアの髪のふくらみが頬の上でこぢんまりと揺れ、口元にあるチャームポイントホクロがウインクしたように見えた——しかも二人の顔が段々大きくなっていくように思われた‼
「先輩、メールアドレス無いなんて信じらんな〜い⁉　超信じらんな〜い！！！！」
「そうよ迷子になったらどうするのよ。それは寂しいな！　それは寂し過ぎるわ！」
「ヤダー、何よ。何、私は罪人(つみびと)か？　迷子の迷子の子猫ちゃんか？　いや、大人猫ちゃんか？」
「だって、メールアドレス無いんでしょ？　違いますか？　違います？私も何度も何度も機会があれば先輩にメールアドレス聞こう聞こうと、何度思ったことか！！！！　それがこの有様⁉」
意外に悦子は髪を振り乱さずに言った。心を振り乱して言った‼　その時髪を振り乱して言っていたら、さぞかし本当に怖かったろう。
「それは違うわ。無いと云うより、私は作ってないだけだけど……」
「まあ⁈　そんなの同じことじゃない。それは寂しい人生の停留所で待つマッチ売りの少女の言う希望の言葉よりも説得力がないわ。それは寂しいな！　それは寂し過ぎるわ！」
「やめてよ、彼女には同情はするけど、私はマッチを売ったこともないし、マッチ売りの少女とは無縁よ。金融商品を売る成人女性よ。いや、ハハハ、キャリアウーマンよ。……」
「じゃあ作ってよ。キャリアウーマンがそこまで言うのなら今日仕事終わってからすぐにでも作ってよ。私今この世で誰よりも、例え彼氏よりも、まり先輩とメール交換したいんだから――」
「え～……何で私があなたの為にそんな面倒な事しなきゃいけないの？　もし今日仕事が終わった後、メールアドレス作るなんてそんな事しようものなら、その後どうなると思う？」
「どうなるって？　ハッピーになるわよ。メール楽しいよ！　気に入るに決まってるじゃない！……」
ネイルのイチゴケーキが指爪から喋ったように見えた。
「どうなるかと云うとさ、その後毎日のようにしょっちゅうあなた達からメール来るのよね。嫌だわそんなの。たまにだったらまだしも。いいかもしれないけど、こうして仕事で嫌と云う程顔見て話してるのに、家に帰ってまでも又話する訳？　ゆっくりしたいもの……それに悦ちゃん、こないだの彼氏すぐ別れたんじゃあないの？　確か昨日そう言ってたわよね。ウフフフ――」
「うわあ、無慈悲じゃ、無慈悲じゃ、この世は無慈悲じゃ、先輩は無慈悲じゃ～!!」
まりは罪の無い大きな声で肩を揺らしながら「アハハハハ」と笑い返

した。二度も大きな声で高笑いしたので、その横で見ていたイチゴケーキもつられて面白そうに笑ってしまった。そして口元のホクロは言った——「やっぱしー」と。

「先輩時代遅れになっても知らないから……」

「どうせ私はあなた達から、世間からも浮いてますよー、ズレてますよー」

「いやだー、先輩浮いてないって、本当浮いてないから……も～」

「ハイハイ。手紙書いて私んところに郵送してよ。切手忘れずにはってさ、もちろん自筆でね。返事書くよ。」

顔を見合わせた悦子といちご、二人共目を大きく開け同時に言った。

「え～ま・じ・でー‼　それこそ面倒だわよ。」

その後すぐまりは自宅マンションの住所と、改めて電話番号をメモ用紙に書き記し、それぞれ二人に手渡し、自分も彼女達から同じものをもらった。

「電話いつかけてもいいよ。遅い時間でもさ。特に困った時、しんどい時は即かけるのよ。私もそうするから。……でも色々私の事思ってくれて、考えてくれていつもありがとう‼　携帯・パソコンのメールも確かにいいところあるの私も知ってるわ……いつか私も使うかもしれない。その時も今みたいに私に接してくれるよね。」

episode　season 2

まりも悦子もいちごも、一日の仕事が終わり更衣室に屯(たむろ)して居るのではなく、出勤したてで更衣室に居ることを、一時的にしろ忘れていた。

――下の階では女子行員達が、一階会議室に集まり、ガヤガヤと執拗にざわついていた。

「私見てこようかしら……」

「もう朝礼始まるよ。ほっとこう。今に来るわよ。」

「どうしたの？」

「絵我さんが見当らないのよ⁉」

「そうねえ、どうしたのかしら？」

又、他の者らの声――

「あら、悦ちゃんといちごちゃんも居ないわよ⁉」

「三人共今日出勤してたわよね。更衣室に居たもの……」

――三人を見たと言う者が続出した。

「あなたも見たでしょ？」

「確かに……」

「あなたはどう？」

「私も見たわよ。だってロッカー室出る時悦子といちごの目の真ん前私達通って来たんだから、そうよね？　そうよ。」

「そうよ、私も見たわよ。いつもと変わりなく、……いや、そう云えば顔色少し悪かったかも……三人共ノロウイルスかなんかに当たったのかしら？」
「そうよ今頃トイレよ。トイレだわきっと。——」
「それはあるかも。たまにあの三人揃って仕事終わった後帰り道どこかの店に寄って食事してるみたいだし、それがオシャレなイタリアンレストランなんかじゃなくて、ええ〜と何て云うんだっけ？　横丁なんかにある安く食べられる、おかずが陳列棚にずらりと並べてあって、そこから自分で、好きなの取って、ご飯も小盛り・中盛り・大盛り選んで会計する食堂で食べる時もあるって言ってたから……」
「そうよそこで昨日夜何か傷んだもの食べたのよね！」
「嫌だわ〜‼　ただの食中毒だったらいいけど、O - 157とか、そうそうノロウイルスなんかだったらヤバかない⁈　ここが汚染されてしまうわ‼　○○銀行○△支店　封鎖営業停止になんてテレビ・ラジオニュースに流れでもしたら信用ガタ落ちよ。預金の急な引き出し、口座解約相次ぎ、経営が立ち行かなくなるかも〜‼」
「それに私達全員検便を求められる。これも嫌だわ〜‼」
「あんた達何をバカなこと言ってるの。冗談は顔だけにしときなさいよ。ホホホ……そんな事あるはずないでしょ。」
少々年配の品のある女性がたまらず言った——
「それにあなたが言ったこの辺のそんな食堂一軒でも、一度でも食中毒出したって聞いた事ないわよ。そんな臆測するのその食堂屋さんに悪いでしょ。それに私んとこの銀行、中小企業に随分融資しているのあなた達よく知ってるでしょ。悪い風評立ったらどうするの。あの娘達が食べに行ってる食堂も当行の得意先かも知れないわよ。」
食中毒騒ぎは一旦収まった。しかし依然として三人の姿は行方不明のまま始業時間が目の前にまで迫って来た。ちょっと間を置いて、その少しだけ年配の品のある女性が品のある声で不安気な女子職員達を見ながら言った――
「三人共銀行に居るのは確かなんだし、始業時間までまだ少しあるわ。朝礼終わっても、シャッター開くまで数分あるから、朝礼が終わる頃になっても三人がこちらに来なかったら、私がトイレとか色々回って見てくるから、これ以上みんな騒がないの。いいわね……」
「課長、その時私も同行しましょうか？」
「ええ、じゃあ、あなたもお願いね。それから支店長やその他の男性にはまだこのこと黙っとくのよ、私が責任取るから。あなた達の方が先に見つけたらすぐに私に連絡してちょうだい。さあさあここから皆出て、朝礼に行きなさい。もう始まるわ――」
そう言い終わるか言い終わらない間に、いつもの朝礼が始まった――
下でそんな食中毒騒ぎになっているとも知らず、あたりが静かになった更衣室で、三人の声がスチール製のロッカーに響いていた。
「苺って可愛い名前ね！」
「ハハハ、恥ずかしいわ！　胸の名札や名刺には平仮名でいちごって書いているけど、本名は漢字で苺じゃなくて、衣智御って書くのよ。それはそれで自分でも恥ずかしビックリだわ!!　ね。」

「平安時代の御嬢さんの名前と云ったところだわ！　漢字の方でも全然いいんじゃあない！」

まりは以前このことは一度いちごから聞いたことがあった。が、悦子同様フーンそうなんだと初めて聞き知ったかのように、優しくいちごの目を見ながら言った。

「ねえ絵我、聞いてよ。」

「聞いてるじゃない。何？」

「この間の日曜日の合コンの時の事、——斜め前の席の男性(ひと)特に私に興味あるように私ばっかり見るのよ。私、もうどうしようかと思って、それこそ本当にイチゴのように顔が紅(あか)くなっちゃって……」

「そんなに紅くなる程その彼イケメンだったの？」

「さあどうだか、それはまあ普通じゃないかなあ～」

「普通？」

「それから何となく名前とか、仕事とか、まあありきたりの事を言い合うようになったんだけど、彼私にこう言ったのよ。」

「何？　何？　どう言ったの？」

「君の名前いちごって言うんだ！　可愛い美味しそうな君にピッタリだねって……」

「ワ～ア！」

「それがさあ、いやらしい目付きで言うのよ。私の顔だけでなく胸の方にも視線をズラして、私を目で舐めるように見るのよ‼……」

「いちご口元にチャーミングなホクロ付けてるし、〇〇カップの胸だから結構男からはセクシーに見えるのよ。」

「嫌だったわ〜あんな露骨に‼　男って、女を性対象としてしか見ないのかしら？」

「そうよ。それが男の証よ。まあ女を性対象以外でも色々見てはいるだろうけど、まず第一はそれよ。それ。男も女も強い性欲が無くなれば人類は滅ぶのよ。」

今まで黙って聞いていた悦子が、前世に自分が性欲の強かった男だったかのように自信満々に言った。――かろうじてまりはこう言った。

「悦ちゃんあなたの性欲とっても強そう‼」

「ハハハ、そうよ私は飛び切り強いわよ。私の理性と同じくらいにさ‼」

やっぱりこの娘はすごいなあ〜と、まりは思った。……ただ理性と感情を取り違えていなければいいが……と心配はした……が、――そうだこの娘悦ちゃんは理性を感情的ＳＰＡＮによって昇華する能力があって、又、理性を感情によってコントロールしているんではとさえ思った。やはりキャメロンが見抜き言ったように、彼女には何か得体の知れない大きなパワーが有るんでは⁉　……しかも負のエネルギーと正のエネルギーが反応混在し合い、かろうじて残った強烈な愛がそれらを支配しているようにも思われた。それは綺麗な壊れやすい華奢な色模様ガラスに移りゆく心のようでもあったし、不死鳥のごとく輝く目の色のようでもあった――

「男はどこか心の奥底ではいつもあのことを考えてるのよ。」

「悦ちゃん、あのことって？」
まりはあのことって、どのことかは重々知っているのにもかかわらず、白々と聞き返した。すると少し黙っていたいちごがここで顔を紅潮させ、今かとばかりに悦子の目を見て言った。
「あのことって？　あのことよ。そうよね？　悦ちゃん？……やっぱし～」
「そうよ。男っていつもあのことを考えて、やりたがっているのよ!!」
深い興味を示し、身を乗り出し二人の話に聞き入るまり――
「でもね、それはさっきも言ったけど、それってノーマルなのよ。問題は、だからと云って男は女に卑劣なこと、おかしなことをやっていいわけはない。そんな最低のことをするのはアブノーマル変態異常者よ。その辺のボーダーラインが男は緩(ゆる)い傾向があるから、イチゴショートあんたなんか気を付けるのよ。……男に変な気起こさせて誤解されないように、あんたは特に気を付けることね。……」
「うん、うん。私あの時震えてたんだから!!　も～」
「うわ～、どこが？　そりゃあ震えてたわよー私のすぐ横であなた自慢の胸震わせて、顔は上品そうにあっちこっちの料理に箸出して、5人の男性全員とさも楽しげに、いや～ん、うっそ～なんて声出してペラペラ喋っていたのは誰でしょう？」
「何よ、悦子。私が男子みんなからもてたからって、そんないやみ言うんだから!!……」
「え～、あんたが私よりもててた？　ハハハハハ、それはありえな～

い、ありえな〜い。からかわれやすかった。よく言えば話しかけやすかっただけよ。そうね、あなたに関心示した例のデリカシーに欠けた一人を除いてはね。それに引きかえ私を男子全員が見てたわ！……」

「確かに男子全員あなたの流れるようなロングヘアを、それはそれは見とれていた。とっても綺麗だったわ！　それは私も認めるわ。でもあなたの顔を、目をしっかり見ていたのかしら？」

「ちょっとあんたら大概にしてよ。悦子もいちごもあんたら自身何歳(いくつ)だと思ってんの？　あ〜!!　疲れるわ〜､大きな子供の相手するの!!」

言われた当の二人は顔を見合わせ、案外ニコニコとしていた。その時まりは突然ハッと何かを思い出したかのような顔をしたまま、更衣室入り口付近壁上に掛けられている時計を見やった——

「ワァー大変！　大変よ〜……！！！！」

三人は顔を見合わせるやいなや、更衣室を飛び出した——いや、飛び出そうと廊下の方にダッシュした。流石(さすが)に運動神経抜群のまりは俊敏に逸早くドアをギシャバーンと力強く開け廊下に飛び出したが、その扉(ドア)をしっかり向こうにカチっと止まるまで開けきらぬうちに又、反動でドアが戻った。瞬間ガシャーンドーンと云う強い衝突衝撃音と共に「キャーッ!!」と言う悲鳴が二つした。走り来た悦子に戻って来た硬いドアにカウンター気味に身体(からだ)ごと、さらに頭をしこたまぶつけ、その反動で後に居たいちごにさらにぶつかりそこに二人共崩れ倒れた。まりは真っ青になりすぐにロッカールームに引き返し、無残に引っくり返っている二人を唇を震わせながら見た。

「悦ちゃん、悦ちゃん、大丈夫？　生きてる？……よかった息してるみたい!!　いちご気を確かに、大丈夫？」
「これが大丈夫に見える？　ちょっとそこのお姉さん……」
「そうよこれがハッピーな姿に見える？　これは寂しいなあ！」
とは云え、悦子もいちごも幽霊のように足を微妙に引き摺りながら手を顔、腰などに当てがい、まりの出した手も借りずに時折「アッアッアッ」とか、「アダダアダ」とか、「イデッイデッ」とか、「アタタタタ」とか、二人で異口同音的に呟きしつつ自力で起き上がった。——
「先輩の行動超信じらんない！」
そういうと、髪をいたわるように両手指でくしときながら大きく頭をブッと左右後ろに振り上げた。
「そうよ、思考よりも行動を優先する行動力よ。それは危ないな！」
「あのね先輩、自分は運動神経が良いのよで、言い訳出来る問題じゃあないわよ……」
「言ってない、言ってない、私今そんなこと言ってないわ！」
「いや、絵我の目そう言いそうだった。しらばっくれないでよ。」
「誰もしらばっくれてないもん。」
「絵我、私に言わせると、そんなのそそっかしい、おっちょこちょい、それがあなたの正体よ。」
ショートヘアを片方の頬に大きくバラバラかぶせ、そこからやぶにらみの目付きのままいちごが言った。
「そうよ。いちごの言う通りその先輩の行動は思考の上でジャンプするんですか？　それを又先輩は虫も殺さぬ顔をしてそれはそのジャンプはウルトラＣよなんて言うつもりよね。」
「まさか……」
「そうよ絵我おねえさん、あなたはそのまさかよ。それは危険だな！危ないな！」
「ドアってちゃんと開けきらなくては、又――ブーメラン現象が起きることぐらい覚えときなさいよ。そそっかしい先輩に免じて今回は大目に見てあげるわ！……」
「見てあげるわ！」いちごもそう言った。
「ごめんなさい!!　本当にごめんなさい!!」
「ハハハ、もういいよ。こんな滅多に出来ん体験させてくれたんだし、ちょと面白かったな！　うちら今このことですごく生きてるな！って感じれた！　先輩に又、一つ教えてもらった。やっぱし先輩すごい!!うん、うん。」
流石にこれにはいちごは同意しかねた。まりではなく、悦子をにらんだだけにとどめた。……
「いちご、あんた鼻の下何か赤いよ？　ヤダヤダアンタの鼻私の頭にぶつけたのね、鼻血出てる。早くティッシュ丸めて詰めるのよ。も～」
「えッ?!　あ、本当だ。鼻血なんか出すの何年振りかな？　今でも鼻血出るんだ！……」
「いちごちゃん何嬉しそうな顔してんの?!　早くハイ、このティッシュで血止めして、それから悦子も額から血にじんでるんじゃあない？　大変!!　額割れてるんじゃあ～」
「大袈裟よ。こんなのカスリ傷よ。心の傷に比べたら爽やかな風よ！　快感よ！　フフ、ああ本当血だ！　それにかなり膨れてる。血よりもこれの方が嫌だわ!!……膨れてる、膨れてる、ヤダヤダ膨れてるわよー！　私困っちゃ～う！　だってお客様に綺麗な顔見せれなくなっちゃう。」
「ヒエ～流血乱闘女子プロレスラーみたいな顔して、ちょっと待っててクスリ箱取って来るから、それからシップも、すぐ戻るね。」
その通りまりはすぐに戻って来た——
「ヤダヤダ、イソジン塗らないで、私はいちごと違って事務課の女じゃないんだから、一人一人のお客様と結構な時間面と向かい合わなければいけないんだから、透明な消毒薬をつけてよ。」
「オキシドール切れてると云うか、無いのよ。赤チンよりましでしょ。大丈夫、乾いたら目立たないから……——そおよ、そお良い子ね。」
——すると聞き慣れた声が廊下の向こうの方のトイレ辺りから「迷い子の子猫ちゃん達どこに居るの～？」——その声はまだ小さく廊下に響きながら歩くようにこちらに聞こえて来た。ちょうど掛時計の針が始業時間を指した。——悦子はその針を見ていたが、何かに気づいたのかハッとし、その白粉をつけた頬に赤みがポッと差し広がったが、そのそばで大きな胸を大きく動悸させ心痛な声でいちごが思わず言った。

「課長よ。えらい怒られるわよ～!!　ああ、どうしよう。」

ティッシュを詰め込まれ、大きく赤く膨らんだ小鼻の上で両目を瞑ったいちご。それを横目で見ながら大きめサイズ防水対応カットバンまでおでこに貼られた悦子が「これで助かった！」と意味不明な言葉を発した。

幾つもの微薄い小さなガラス片の繋がりのような光の残像が部屋に昇り広がり、円螺旋を描きながらチリチリテラテラとそれは薄紫色光色に煌(きらめ)き、ロッカー室の心理の時間・空間・不安を切り詰めるように照らしていた。

「何言ってんの⁉　シャッター開いてお客さんもう来てるよ。ヤバイなあ～、私達、中間管理職以上全員から後でグチグチ小言バッシング言われるわ。考えただけでも嫌よ、ゾッとする。」

そう言うなりまりは本当にブルっと身振いした。

「そうよ、絵我。それに私達後々までずっとこの銀行でのひどい語(かた)り種(ぐさ)になって、笑い者のレッテル貼られるわ！　或る種の戒(いまし)めの為に何か事ある度(たび)にこの事が取り上げられ、代々当銀行で語り継げられるのよ！……」

「いちごそこまで考えてるの？　でもあなたの言う通りかも。私達悪いＯＬ手本の伝説の人となるのよ！　不名誉をしょって私達はここで働かなくてはいけなくなる……それは……いちごあなたの出番よ。」

「え？　何？　何よ？」

「あれを言って。あなたがよく言うセリフよ。少しはなぐさめになるかも……」
「ああ、あれか。コホン」
いちごは小さく「コホン」と咳をもう一つしてから愛らしく口元のホクロと共に言った。
「それはつらいな！　きついな！」
「大丈夫だって、私のこの眉間の傷と同じぐらい大した事無いよ。それにまだ始業時間じゃない。シャッター開く音してないでしょ？」
まりは、『この娘きっと頭の打ち所が悪かったんだろう』と、気の毒にさえ思った。すまなそうな顔をして無理に笑みをつくろい悦子を見た。
「悦ちゃん……」
かろうじて名前を言うのが精一杯だった。悦子はまりが冷蔵庫から持って来た氷の入った小さな透明ビニール袋を片手で持って、絆創膏がしっかり貼られたおでこの上にあてていた。防水仕様故だろう、大きめのカットバンが半分くらい前髪からハッキリはみ出ていたが、悦子は今それすら忘れて二人の同僚に説明しようと氷袋をおでこからズリッとはずしながら、もう片方の手で自分の携帯を見せた。三人共特別な時以外腕時計を腕に巻いて出社しないことが多かった。
「私のこの携帯の時計見て、ほら始業までまだ数分あるわ。――あの掛時計大分進んでるんだよ。まだ間に合う。いちごが言う程大事にはならないから。」
「そう云えば随分前に、ここの掛時計誰だったか進んでるって言ってたような気がする。ね、いちごそんな話聞いた事ない？」

「ああそう云えば私も聞いたような気がする。すっかり忘れてた。でもさ絵我、確かその頃はほんの１、２分進んでるだけだったんだよ。さらに進んだのよ。アハハ。」

まりといちごの二人の顔が同時に明るく輝いた！　その日はもっと輝き大きな光りを取り戻した！　二人はすぐに顔を見合わせ、やはり同時に「ヤッター‼」と叫び飛び上がり、両手平をパチンとハイタッチした。フフフ、そんなに喜んでられるんだろうか、それでも時間の猶予はほとんど無かった……。

「それに言い訳も考えたわ……」

そう言うと、悦子は束の間喜ぶ二人にウインクしながら、もうすでに更衣室のすぐ近くまで来ていた課長と経理部の女性にびっくりするぐらい大きな声で「か、ちょ、をー、こ、こ、でーす～」と遠くの人を呼ぶように言った。

「まあ、どうしたの？　米沢さん怪我なんかして……おでこ腫れてるじゃない！」

「課長それこぶと言うんです。」いちごが横から、私もここに居るんですよとばかりに言った。――

「知ってますよ、そんなこと。大丈夫？　まぁ大変⁉」

「たいした事ありません。課長に心配していただき恐縮です。有り難うございます！　昨日帰り際課長に頼まれたＷＴＩニューヨーク原油先物価格及び北海原油についての過去20年の資料とＯＰＥＣ（オペック）の動向と展望、さらにアメリカシェールガス掘削の現状のレポート今朝いちはやく持っていこうとするばかりに、あわてて階段降りてたら横に何故かついて来たいちごと接触足絡ませ、途中の踊り場の壁に二人倒れ込み、コンクリート壁にしこたま額ぶつけて、楓さんは私の体と後頭部を正面に特に顔面におもいっきり受けたのです。やはり同行していた絵我さんが私達二人を介抱してくれたんです。すみません朝礼に出られなくって……」

その後すぐまりといちごも頭を下げ「すみませんでした。」と言った。

「そんな謝る程のことじゃないわよ。そんなこといいの、いいのよ。そういえばさっきバーンという何か物がぶつかるような音と、かすかに悲鳴のような声が聞こえた。外からのものかと……あれはあなた達の声だったのね。それで楓さんはどうもなかったの？」

「いえ、米沢さん程ではないのですが、私も少々……」

「課長、これで謎が解けましたわね。」

眼鏡越しに経理部の女性が言った。

「だから下で言ったでしょ、食中毒じゃあないって――」

まり達はええー？　何の事か？　と思ったが何も聞かず、とりあえず三人顔を見合わせることだけはした。すると悦子が防水カットバンを貼った額のまますくっと姿勢を正し、課長と眼鏡を光らせている女性の方に向き、言った――

「このあとの仕事まったく差し障りなく出られます。もうお客様が来店される時間です。行ってよろしいでしょうか？」

「いいけど、絵我さんはともかくあなたと楓さんはもう少し休んでからにしようよ。あなた達の持ち場は私が先にカバーするように言ってあるから１時間や２時間大丈夫よ。」
「課長本当は優しい部下思いなんだ！」
「楓さん、本当はってどう云うことかしら？」
「うわッ⁉…いえ、いえ、深く考えないでください。そ、そこはカット、聞き流していただいてけっこうです。」
「今日怪我してることだし、まあ今回は大目に見とくわ……フフフ、あなた良い娘ね！」
「課長の思いやり、配慮はすごく身に染みますが、これくらいのカスリ傷で休憩室でお茶をすすっていては銀行ウーマンの名折れです。」
「この銀行にも米沢さんあなたみたいな気骨のある女子行員が居たとは、まだ新人なのにねえ！」
「課長、私入社してもう半年以上になるんですよ。もう今一人で仕事させてもらってるんですから——」
「まぁ、もうそんなになる？　そりゃそうよね。ここに来た当初はちょっとひねくれた、でもそれでいて憎めない可愛い高校生のような娘だったのに。そうそう絵我さんに色々仕事仕込まれ、随分しぼられてたわね。ウフフ昨日のようだわ……しっかりしたお客様対応してるみたいね。」
「絵我先輩や課長達のおかげです。ありがとうございます。」
「でも本当に怪我大丈夫？　ああ痛々しいわねえ、絆創膏腫れたおでこに貼って、でもあなたがそこまで言うならこれ以上止めないわ。いいわよ。それからいちごちゃん、さっきから気になってるんだけどあなた鼻に何か詰まってるようよ。気付いてる？　あ〜あ、それね、少々ってさっき言ってたの。本当だ、よく見たらもう大分乾いてきてるけど血にじんでるわね。相当強く米沢さんとぶつかったのね。可哀想にそれで鼻血出たんだ。ウフフ、でもよく似合ってるわ。可愛いわ！」

経理部の女性も「ホホホホホ、本当可愛いわね。私なんかここ10年は鼻血出してないわ。懐かしい光景ね。ホホホホホ」と笑った。

——まりは笑うのをこらえた。でも、もう少しで爆発して大きく笑い出すところだった。

課長は悦子といちごを椅子に座らせ、強いて優しい面持ちを彼女らに見せた——

「先程の米沢さんの仕事に対する熱い思い・関わり、銀行員としての自覚、私のこの胸にズシリと伝わったわ！　でも心配性の上司（わたし）の為にもう少し、そうねえ、あと10分か20分そこらここで仕事関係の話でもして、それからそれぞれの持ち場に行ってちょうだい。その間あなたが持っているその氷水でおでこをシップすればいいわ。幸いこぶはさほど大きいようには見えないわ……よく見せて、ちょっと軽く触るわよ、動かないで……」

傷口とその周りの腫れが熱を持っていたので、その指は幾分ひんやりと生温かく、それでもそっと繊細な母性の心のように震え触れた——

「うん。多少腫れはあるけど紫色じゃあない。むしろ少し出血したのがよかったのかもしれない。——あなたは周りをパッと明るくする華があるわ！　当然社交性も……銀行と云う所は、大体まだあまり預金額のない20代前後から後半の若い人の来店がＡＴＭは別にして少ない。特に若い男性の割合が少ないのが、あなたのような垢抜けた娘(こ)が当銀行にいるのに惜しまれるわねえ……」
「そうかも。もし来店する若い男性が増え、そこに悦ちゃんが出来るだけ対応応対すれば、彼らの多くは悦子を見て、目にポッとハートを灯し、すぐ新規口座作るかも！　ウフッ」
っと、まりは課長同様半分冗談のつもりで話に乗った。悦子はまるで恥ずかしがる様子も見せず、いかにも、確かに。確かに。それはありそうだと言わんがばかりに首肯(うなず)いた。しかしそれを見聞きしていたいちごが大きく苦言を呈した。
「どうだか？　それはどうかしらー？」
——例え冗談でも、そんな甘いもんじゃあないわよ。と言わんばかりにいちごが釘を刺した。
「絵我さん、お金と云うものの本質をそう軽くみくびってはいけないな！　それは危ないな！　それは浅い思慮による不確かな楽観から導かれているわ！　銀行の看板娘、色気ムンムン看板娘、そんなものが銀行にいるのかしら？　清純無垢な看板娘、そんなものが銀行で働いているのかしら？　フフフ、それがいるのよ！　悦子、あなたじゃないわよ。銀行の看板娘はお金よ。お金。……」

樋口一葉がそれを聞いていたらどうだろうか？　笑って顔を赤らめるだろうか、それとも『お金に困っていた私が……』と、もっと複雑な想いでそれを聞くだろうか……確かに一葉さんは美人であったが！
今度はフンフンと、さもあろうとばかりに経理の女性が大きく首肯き首を上下した。そして、フフフと笑いながら手でメガネのピントをマネーのピントに合わせかけ直した。
「ハイハイ。いちごの言う通りね。でも私も課長も、そう云うことは心得た上での、ここだけの内輪の話よ。そうね、ボーナスシーズン時に若い人向けのキャンペーンはどうかしら？　例えば『フレッシュなあなたに最適　個人向け　若い人サマーとかウインター定期預金キャンペーン　店頭表示利率＋0.85％大幅アップ　１口１万円から（250万円上限）それぞれ１年もの　２年もの　３年もの』、しかもあえて29歳以下（18歳以上）限定条件を付けるの……課長どう思います？」
「いいわねえ！　私はいいと思うけど、それだけの若者厚遇定期預金に対して、銀行側のメリットがどれ程あるか？　収益率第一をいつも頭から一時も離さない銀行が、お金の乏しい若者にまともに向き合えるのか？　まあ、上の方が何と言うか？」
「そうですよ。このくらいの年齢層に限定して今時こんなに高い金利で、しかもワァ!!　っとびっくりしたのは１口１万円から？　これじゃあ中学・高校生の程度じゃあないですか？　遊びなんでしょうか？大体ボーナス時の大キャンペーン定期預金であれば１口10万円からですよ。……それにこの金利１％近いんですよ。それなのに１年もの？

２年もの？　３年もの？　まだ３ヵ月・４ヵ月ものだったら納得しますが、まあ、いいとこ６ヵ月がいいとこですよ。絶対本店や上の方で通りませんよ。課長？」

それまで口出しを控えていた経理の女性がびっくりするように、あわてて言った——。

「多分あなたの言うように頭の固い上層部は、そんなのダメだと言って取り合わないでしょうねえ……フフフ、でも私はこんな企画やっぱりいいと思うわ！」

経理の女性のメガネが曇った。女性は一度メガネを外し、そして裸眼で課長の視線を追った。——その視線はいちごに向けられた。

いちごは日本女性の平均身長とほぼ同じ——太ってはいないが見た目ポッチャリ感のある可愛い顔をしている！　まりよりも１つ年下だが、同期入社で当初から今の支店に勤務している。そのまりや悦子のような、自分には無いちょっと変わった、しかも強い個性に引っぱられる傾向があるが、女性的な広い大らかな気持ちで人に接する……。又、まりや悦子と違って、料理が得意だ！　後輩の悦子から名前を呼び捨てにされていることなどまるで気にすることもなく、かえって親近感さえ覚え心良く感じていた。彼女の瞳の奥では、いかなる上下関係も存在しない。ましてや親しい友達の間では……。そしてその可憐なスミレのような瞳を震わせ時折寝室で一人、歯をガチガチさせながらアメリカ・イタリアのホラー映画ビデオを覗いていた……唯(ただ)そんな時(よる)、トイレに行くのが怖かった。

「絵我の提案したそのキャンペーン定期預金、私もすごく良(い)いと思う。若い人達に良心的に向き合って、今から若者を〇〇銀行に良い意味で取り込まなくっちゃあ！　多くの銀行でやってる『投資信託や外貨預金・その他リスク商品との抱き合わせ条件付きの定期預金』多少金利は良くてもリスクは大きいし、それにその金利例え２％や４％とキャンペーンでうたっていても、よく見ると３ヵ月もので、それを１年になおすと０.５％や１％よ。それで３ヵ月したら普通預金にいっちゃうんだから……あまりお金の持ち合わせの無い若者には向いてないわ。」
そう言うと、いちごは課長の方からまりと悦子の方に向き直り、口元のホクロと共にニッコリ笑った。
課長はメガネをかけ直した経理の女性を見た――
「そうですわね。上限が250万円とかなり低いし、おまけに29歳以下の年齢制限があるんでは、どうせそんなには大きなお金は集まらないでしょうし、後々それで当行が傾くとまではいかないでしょう。……」
「そうよ。」と言って、又課長はまり達の方に向いた――
「良い宣伝になるかも知れないわ！　その若者向けキャンペーンのこと、今度会議の時にでも議題の一つとして提出するだけでもしてみましょう。でもこんなキャンペーン考えるなんて、絵我さんらしいわねえ！　あなたがここに来た当初は、それこそ米沢さんとは逆で、社交性のない、当然付き合いも悪くって、それに場合によっては上司の言うことも、いやいやそれどころか支店長の言うことさえも聞かない時もあったわね。いつも一体何考えてんのかしらと云う風だったのに……私もあなたの個人主義的な変わった色の信念にハラハラさせられた一人よ。フフフ、ようやくこの頃になって、少しだけどあなたを理解出来るようになってきたところよ！　とっても嬉しいわ……」
「そうでしょ？　ようやくってところでしょ？　私もそうだった！……やっぱり本当に課長は優しい人だったんだ！」
「楓さん、本当にって今言ったのよね？　本当はじゃないわよね？ええ？　うん。それならいいわよ。ホホホ……」
悦子は悦子で何か恥ずかしそうにしていたが、その様子を見たまりは課長に言った。
「課長、その若者向け定期預金キャンペーンのことなんですけど、あれは元々私が考えたものじゃあないんです。いつもお金に不足してピーピーしているこの悦ちゃんが、このあいだ私も定期預金持ちたーいって言って、こんな定期キャンペーンあったらいいなってなぜか私に言ったものなんです。まあ、それをより具体的に私が立案したことはしましたが、……だから私らしいと云うより、どちらかと云うと米沢さんらしい！……でもそれこそ健気（けなげ）に働くが、まだあまりお金の乏しい若者を代表した優れた案だと思われます！」
「まあ、そうなの……ウフフ、どうりで、なる程ねえ。フッフフフフ、ホホホホホ」と課長は笑った！　そして
その隣にいる経理の女性も後を追うようにすぐに「ホホホホホ」と笑った――

するとまりもいちごも、「ハハハハハ、ハハハハハ」と笑い出した。
すると今度はドミノ笑いのように悦子も参加して、全員で「ホッホホホホ、ホッホホホホ、アッハハハハ、アッハハハハ」と大笑いしだした。――言っておくが、朝の仕事前に、いやもう始業時間が過ぎているのに毎日こんなことをしているのではない。本当にたまたまのことである……。
とうとう笑い疲れた課長は自分の腕時計をチラッと見るとまだ天真爛漫に笑っているまりに言った。――
「さっきも言ったけど、あなたは一風変わっていて、一体何を考えてんのかしらと云う風だった。でも、あなたの良さがようやく、少しだけど、この頃感じられるようになってきた！　とても嬉しいわ！　それに絵我さんは、お年寄りのお客さんに絶大な人気もあるしね。」
まりはじっと課長を見ていたが、やはり何も言わず黙っていた。こんな時何かちょっとでも話すと、涙がこぼれるのを知っていた。だから何も言えなかった。ただ自分の先輩を見るのが精一杯だった！　何も言えなかった。まりはただ光を見ていた！
すると悦子が「そうよ。先日も私があるお年寄りの方に応対すると、『絵我さんでなきゃいやだ』って言うのよ。この私によ？　どう思う？でもさ、こう見えても私は大人だから別に腹を立てるでもなく。その方にニッコリ笑って、『ハイハイ、そうですわねえ、10分程お待ち願えれば絵我が応対出来るかと。』って言ったんだけどさ！　ウフッ」
「悦ちゃん、ありがとう。いやな思いしなかった？」

「やだなあ、こんなことぐらいで、全然ないよ。私そんな小さな人間じゃないよ。ハハハ。」
「なんで絵我さんあんなにお年寄りのお客さんに人気あるんでしょうね？　そうそう、保険契約件数、各支店どころか本店を含めてもここ何年かあなたは常にトップクラスを維持しているわ。ホホホ。あなたを煙たがってる上層部も、そう簡単にはあなたを転勤・左遷することは出来ないわね。保険商品に関しては自分から（米沢さんから）お客さんには勧めないようにしているって、お客さんからあなたに保険商品を聞かれた時にしか紹介しないって、以前あなたから聞いたことがあるけど本当に？」
「ええ今もそうしています。私はただお客様が話したい日常生活を聞けるのが嬉しくて、それは楽しみです‼」
「フフフフ、そうなんだ！　そうなんだ……」
いちごが何を思ったか、まりと話している課長のそばに近付いた——
「課長、大きな声で言えないけど……絵我さん好かれるのお年寄りだけじゃあありませんよ。」
「うそー⁉　若い男性からも人気あるの？　それは初耳、意外ねえ！」
「まさか、ノーノー。そっち系じゃあないんです。」
「絵我さん、どう云うこと？」
「さあ、私には何のことか？」
「人間じゃあないんです！」
「絵我さん、楓さんは一体何を言ってるの？」

「さあ、私に聞かれても……課長気になさらないで。この娘時々トッカンパーなこと突然言い出す時あるんです。」
「楓さんあなたトッカンパーなの？　一体絵我さんがお年寄り以外に何者に好かれているの？」
「虫」
「虫？　あの昆虫の？　蚊だったら私も大いに好かれてるわよ。」
「蚊やハエではなくて、今言っているのは蝶やトンボなどのまともな虫達です。夜の蛾も含みます。私ら三人外を歩いていると、いつの間にか虫がやって来て、悦子や私には見向きもしないで絵我の顔の周りを一時飛びまわっては、又どこかに飛んでいくんです。彼女の肩や頭なんかに止まる時すらもあって、……私見てしまったんです‼　そんな時絵我はその虫に、『どこから来たの？——えー！　そんな遠くから……フンフン……』とか、『この辺りは危険だから、あっちの方角にすぐ行くのよ』なんて虫と話をするのを——私があっけにとられていると、何とその虫は絵我さんが指し示した方へ、青い空へとまっしぐらに飛んで行ったではありませんか——ワァッ、ワァッ、ビックリー⁉　虫達に好かれるあんたはフェノミナ美少女か？って内心思ったわ。」
鼻に丸め詰めていたティッシュを床に飛ばしながら言った。滲んでいた血はすっかり乾いていて、それを見た口元のホクロがチャーミングに揺れた——。
「楓さん、あなたは少々疲れているようね。まあそれぐらいの幻覚は病的とまではいかないと思うけど、又今度ゆっくり時間がある時にそう云った話を聞かせてもらうわ。それよりも鼻血すっかり止まったみたいね。ほんと、よかったわ。」
まりと悦子は顔を見合わせ、ウフッ！と目配せした。

三人はその日いつものように滞(とどこお)りなく仕事を終えた。
帰り道、夕闇に街灯の横を歩く彼女達三人の顔を、彼女達のたわい無いお喋りと共に移ろうそのstyle(スタイル)表情を、自由気ままに店舗・ネオンの色彩が明々(あかあか)と照らしていた——
おでこの腫れがほとんど引いた悦子はまりといちごにこんなことを言った。
身の丈158cm　悦子はそのスラリとした華奢な身体(カラダ)にベージュのワンピースを優雅に着こなし、その上に同色生地ボタンレスノーカラージャケットを体(カラダ)の線にピタリと合わせている。やはりベージュのミドルヒールを履き、ゴールド（色）の２ｗａｙミニバックを小脇に抱えた姿は、ハッとする程周りの瞬間と空気を美しく染めていく！　それはベージュの服を脱いだ裸のピュアな感情が祈りと共に苦労（生活）することに、もっともっとより際立ち深まるようにも思われた！　ファッションの原形が単に服や髪の流行にあるばかりではなく、服を脱いだ裸の体(カラダ)とその生き様にあることを、まだ彼女は気付いてはいない？
その姿はハッとする程周りの瞬間と空気を美しく導こうとしている

冬の眼差(まなざ)しにかけての寒い季節には、今日のようにブルージーンズで、又紺(ネイビー)・黒のパンツで通勤する日が多い。真っ白なシャツブラウスを挟み、その上に紺のテラードジャケットを羽織っている。撥水加工のスニーカーを履き、清純な肩と背にはほら、見て、こぢんまり程好い大きさのリュックを軽快(リズミカル)にしょっている。――いったい何が入っているのか？……そうそう、まりのスニーカーくたびれ度は速(ひど)く、1年以上持てばいい方。今履いているのは、この間下ろしたまだおニューと云えるもので、そろそろ足に馴染んできたかな……先日まで使っていたまだ履きは出来るが、もうクタクタ顔で底がめっちゃ磨り減った一足をまだ捨てずに予備として、大きな玩具箱のような下駄箱に置いてある。が、臭いがきつい！　まりちゃん、そこにあるブーツなんかと一緒に一度天気の好い日ベランダでじっくり干しとこうよ。

「悦ちゃんどうして別れたの？　付き合ってそんなにならないのに」

「あ～この間別れた彼？……私に見合う、釣り合うだけの素敵な男性じゃあ無かったのよ。何度かデートしなきゃあどう云う人か……」

「悦子の素敵なって、お金と容姿でしょ？」

「もちろんそれもあるけど、その他にも価値観とか色々あるわ。それにむしろお金よりも愛が大切よ！　何⁉　何⁉　ヤダー二人共そんな意外そうな顔して……私がそう云うと変？　本当よ。私の本心だって！　先輩もそう思うよね？　愛が一番だって！　何よりも私の為なら死んでもいいと云う程の揺るぎない強い愛を持ってる男でなきゃあ……」

「アッハハハハ!!」と思わずまりは顔を引きつらせた。
「悦ちゃん、それは逆よ。その男性(ひと)の為なら死んでもいいと云うぐらい好きな男性(ひと)をあなたが探さなきゃ……」
悦子といちごは顔を見合わせ、目をつり上げ異口同音に言った――
「WOW!!　自分はどうなのよ～あなたは一体どうなのよ？～先輩にそれ言われるかな？～そうよ絵我あんたこそ探さなきゃ女でしょ！」
「あんたらあのね、私だってその気になれば……」
「何？」
「何よ？」
彼女達のたわい無いお喋り身振り手振りそのSTYLE表情を、店舗・ネオンの色彩が自由新鮮な心のままに「うんうん！」頷(うなず)くように――興味深く面白く色っぽく君に手を振るように明々(あかあか)と照らしていた――

――まりはＰＣ(パソコン)とは精神的に一定の距離を置いていた。
プラグが抜かれ、今し方充電し終わったばかり机上のノートＰＣ(パソコン)を手元に寄せ無表情のまま開いた――もつれた幾何が解(ほど)ける色彩、二次元的な曲線へと画面が一気に開き、明かりが絵がパッと広がった。顔の周りがほのかに明るくなった。――そのまりの顔がほんの何秒かの短い時間ちょっとでも液晶に映ると、例えそれが暗い衣をまとった煩悩の輪郭(シルエット)であっても、曇ったグラスみたいな目をした憂鬱な顔であって

も、開かれたパネルは明るい光沢で感情の起伏を迎えつつ、待ち受け画面を無言で吹くそよ風の光(ひかり)リズム赤青黄・赤青緑——色づき流れるような波長でまりの瞳に『おはよう！』とか『グッドイブニング！』とか、時には『ボンジュール！』なんてユーモア顔でいつも挨拶(アイコンタクト)してくれる。——液晶パネルを垣間見るその彼女の顔がいかに無表情であっても、つれない様子目付きであっても……その前髪が少し揺れ動いていたことにも気遣いしながら——

彼女の顔がほんの何秒かの短い時間ちょっとでも液晶に映ると、例えそれが暗い衣(つばさ)をまとった天使の輪郭(シルエット)であっても……その前髪が柔らかくときめく恋心に反応して微動し続けていることにも気遣いしながら——

5章　詩編

まりの部屋の様子

ダイニングキッチンにはいつもまりの笑顔の余韻（におい）が漂っていた。——その１ＬＤＫのこぢんまりとした部屋には、机を兼ねた食卓（テーブル）と椅子が彼女の帰って来るのをいつも今か今かと心待にしている。又、クローゼットのあるリビングにも、もう一つ読書やパソコンを使う為の少し小さ目ではあるが机と椅子が置かれていた。——リビング同様ベージュがかった白の壁紙（クロス）が壁全て一面に張られている寝室・書斎には、５段の引き出しの付いた真っ白いプラスチック製のタンスと、まりの背丈程の高さのある書棚がずっしりと80cm 程の幅で重そうにタンスと並んでいる。その棚にはいくつもの経済・金融関係の著名な書物だけではなく、女性ファッション誌・推理小説・料理本・家庭医学書・マップ類・マンガ本に至るまで種々雑多なジャンルのものが所狭しと並べられていた。又、棚の上方の一角には、かなりのＣＤやカセットテープが収められているのが見える。……白いタンスの上にはクスリ箱と弁当箱程度の裁縫箱が目覚まし時計や携帯電話の充電器、座った人形などと共に乗っていた。クスリ箱も裁縫箱も、まりの母が娘に持たせたものだ。クローゼット近くに小さなホームコタツが１台、これも時に食事テーブルや机として使われる。それからまりが自分の姿（上半身）と顔（こころ）を映し見る楕円の形（かたち）をした鏡が、洗面台の鏡とは別に、壁の区切り柱に彼女の身長に合わせた高さで掛けられている。——その鏡に映るまりは、大きく溜息している時もあるし、ウフウフとイケてる顔をしている時もあった……。
カーテンを引き大きなガラス戸を開け、小さなバルコニーに出ると、４階からの外の風景と空が広がった——。隅にエアコンの室外機が置かれているが、それでも５、６歩はゆうゆう歩くことは出来た。そう、前のマンションよりは気持ち広かった。引っ越して来た当初のまりは『今度のバルコニーは広いな！　ウフフ』とほくそ笑みを禁じえなかった。
そうそう、クッションマットや布団を敷いたままでも二つ折りにして移動出来るベッドが、タンスと書棚のある方とは反対側の壁にピタリと横に寄り添い置かれていた。まりは床だけではなく、椅子を使ったり、そのベッドの上で腕立て伏せや腹筋運動、又、ストレッチすることもあったが、その為か、敷パッドの傷みがやけに早かった。ただ、スクワットやその場でのランニング、体操、自己流のダンスなどハードな動きをする時は、流石に床の上（リビング）で、下にあまり響かないよう気を使いながらも軽快に、夏は短パンにその上はキャミソールや半そでＴシャツ。冬はトレーナーズボンとスウェットシャツを着て、或るいはパジャマ姿のままでハアハア、ゼイゼイと多少は色気のある声で息を切らせながら、身体（カラダ）と共に魂（ソウル）も弾むような光る汗をかいていた……まりは自分では運動神経が良く、その能力もすこぶる高いと勝手に思い込んでいる。なる程、少なくとも動く事は好きなようだ。
まりは通勤時間片道50分かけている。——電車で？　バスで？　オートバイでかっこよくぶっ飛ばす？　いやいやそんなものは使わない！

（勤め始めて間もない頃の悦子がまりに、こんな事を尋ねたことがあった。『通勤は何で来るの？　先輩この間マンションから片道50分はかかるって言ってたけど――』――『あるきよ』――『それってどこのメーカーの車？』――『何言ってんの？　徒歩よ、徒歩。あるいて来るのよ』――『ええっ？　……ええっ！　……』）

ただ、まりが仕事で夜遅くなったり、しっかりとした雨降りの日や体調よくないなど何らかの事情が生じた場合は、流石に公共交通機関を利用しているようだ。でもね、例え電車に乗っても（通勤する目的に限って言えば）、ほとんど吊り革を掴むことも握ることもせず、混雑はさけ、大抵ドア扉のすぐ脇に横向きに立ったまま、外の風景を子供のように見入り楽しんだ。例え席が空いていても、その座席に彼女は座らない。――例え列車が大きく揺れようとも、急カーブにさしかかろうとも、身体と魂のその二つのバランスをとりながら、決して彼女はそのような安楽な席には座らない。……

……そうだ、まりの部屋の様子に戻ろう。

夏は軽快に短パン・キャミソール、冬には、合い（春・秋）にはトレーナーズボン・タンクトップ・スウェットシャツなど着込んで、――ハアハア、ゼイゼイ多少色気のある声張り息切らせ身体も心も動かしながら、まりはキラキラ弾むような匂いの汗をかいていた。そのフローリングの床を見渡すと、コマの付いたワゴン台が一台、上にテレビ、下段にラジオが置かれ、何時でも手軽に見たい聞きたい所に移動することが出来た。今も何所(どこ)か部屋の片隅で出番を待っているはず。これとは別にもう一台ワゴン台が冷蔵庫の横でレンジを乗せている。それから洗濯機が回り出すと、洗面台に掛けられているヘアドライヤーがわずかに震えたりするが、掃除機という便利な電気製品はこの部屋のどこにも見当らない。——まりは箒(ほうき)で部屋の隅々まで掃除をする。集めたゴミを取る時は、少々パジャマ姿の身を屈(かが)めて、左手に持ったちり取りに、右手で握った箒で掃き取る。何所(どこ)にその箒とちりとりがあるのかって？　よく見て、先程のレンジのあるそば近くの壁の区切り柱に、ぶら〜んと吊り下げてあるよ。——そうそうそれだ。
——その炊事場でシンクの蛇口から水の流れる音がしてくる。……食器同士がカシャガシャカチンとこすれ当たる音、小型のポリバケツのフタを開け、そこに生ゴミをバサッと放り込む音、スリッパを履いた足が歩いている。なによりも懐かしい鼻歌が聞こえてくる。——まりは洗いものを片付け、ガスコンロの火を止め、キッチンからポットに入れたお湯を片手に持ち、もう一方の手に急須と茶碗を乗せた盆を持って、照明の明かりに額(おでこ)と鼻の天辺を光らせながら、やはり先程の鼻歌交じりでこちらのリビング・寝室の方に歩いて来た。……

まりの愛読書（詩集）

まりは今までに幾度となく読み返した愛読書（詩集）を本棚から手に取り、自分で入れた温かい緑茶をそばに置き、ニッコリとした顔付きでページを開いた。——

恋人の買い物

婦人服店で白の絹地のブラウスに、若い女性が横顔を覗かせた——
襟回りにピンクの小さな唐草模様と兎(ラビット)が控えめに刺繍されている
私はファッションコーディネーターの若い女性を見ていた——
メジャーの紐を首にかけ、5分前のことを考えているようだった
横顔の客に近づいて丁寧な言葉遣いで話しかけた——
「悲しみは幸福のスペクトルに潜む中間色のように
白色光が歪むと必ず現れる心の支配人」
と
シャスターデージ又それとは別にガーベラの花が店内に幾つか置かれ
ていた
白のハイソックス以外紺の服装と靴に包まれた娘は
美しい顔立ちをコーディネーターに向けた——
「そうでしょう　私も思うの　白が一番いいわ！」
やわらかい胸から腰の辺りまでのびたメジャーは飾り紐のように
彼女のスカートの向きが変わるごとに表情が揺れた
その指は客の肩に触れサイズを尋ね話しかけた——
「ガーベラの花の確かな色の不思議！
匂いの分子間の相互作用とその小さな力の方向性

朱や紫　ピンクに黄色　そして緑の茎葉
艶かしく　新鮮で　温かい情感
冷たい思想と温かい思想の交差する」
私は透明なガラス張りのそばで恋人の買い物を眺めていた
「そうね　きっぱりとした綺麗な色ね　ミニでも似合うかもね」
彼女は私の方に目くばせをした　そして白いブラウスをブティックの店員に指差し
「これ買うことにするわ」と振り返った——

——————MARI——————

まりは読んだ後、ニッコリ微笑んで首肯(うなず)いた——
そうして紺の服装の娘に言った。
「私も白が好き……」
ブティックに居る娘が答えた。
「うふっ！　あなたもそう思う——？」
「シャスターデージの花の確かな色の不可思議
匂いの分子間の相互作用とその大きな力の方向性
白の気品　白の艶やかさ　そして緑の茎葉
優しく　新鮮で　温かい気持ち」——「ねえ、私の分も買っといてくれる？」

秋のビーナス

私は昨日の約束の時間の服の色の動作が青い空に曲がっているある通りを歩いていた……

腹部から乳房　そして首筋から頭まで　向こうの二階建ての屋根よりまだ上の方に気持ちを拡げ

懐かしい「時」の薫る湯気を鼻筋からゆっくりと立ちのぼらせながらお茶を飲むミロのビーナス

斜め上から私達の世界を見ていたが……

そこはイチョウの黄色い落葉で埋めつくされていた——

斜光の眩しさが硝子に僅かに屈折し、彼女の目が光った

「私達の世界も地軸と共に傾きながら進む……」

カサカサと風に舞い散る黄色い思い出が言った……

感傷的な眼差しは画材店を通り過ぎて　書店で足を止めた

そして私はちょっと躊躇（ためら）いがちに男性（グラビア）雑誌ペントハウスやプレイボーイをパラパラと捲ってみた……

私は昨日の約束の時間の服の色の動作が青い空の交差点になっている或る秋の通りを歩いていた——

腹部から乳房　そして首筋から頭まで　向こうの二階建ての屋根の上の方に気持ちを拡げ

うっとりと「愛」と「美」の薫る湯気を鼻筋からゆっくりと立ちのぼらせながらお茶を飲むビーナス
斜め上から私達の世界を見ていたが
そこはイチョウの黄色い落葉の絨毯で敷きつめられていた
風が通ると落葉がカラカラ舞い遊び
斜光の眩しさが硝子に僅かに屈折し
閉ざしたような　開かれたような彼女の目が光った――

又私はちょっとためらいながら隣の別の同じ様なグラビア誌をパラパラと捲ってみた
――大きく形の良いバスト　艶かしく盛り上がる腰
ピンクがかった白い肌の腹部　長く伸びる肉付きの良い美脚――
膨(ふく)ら脛(はぎ)から股に細く枝分かれした青い血管(ちすじ)が走り
ああ!!　それは私の股座にまで伸びて息づかいすらしている――
そして彼女の目線が際疾(きわど)く動くと　そのチャーミングでセクシーな顔や肢体(カラダ)が悩ましく揺れ
私は視覚の時間の上で　情欲に解き放たれた空間に幾分陽にやけた背中や
撮影時のカメラレンズにスライドした彼女自身の在処(ありか)を見過ごしながら溜息をした――
するとフイに裸の彼女は私に尋ねた!!

「私が欲しい？」

私は答える事が出来なかった

肯定も否定も　どちらも自分の本心のようには思えなかった
柔らかい　透き通るレースを一枚腕に絡めながら又微笑む大きな瞳は
尋ねた!!

「私が欲しい？」

私は答えた
「僕は君の自由な心が欲しい！　そして僕自身の自由な心も欲しい！」
「自由とは心身共に健康だと思うことの出来る境界線のワクワクドキドキスリルだ！」

私は昔ある女性と枯葉の降る黄色い落葉で埋めつくされた道を二人で歩いた
何度も何度もそのエロスの道を歩いた……
私は昨日の約束の時間の服の色の動作が黄色と空色に広がっている或る並木道を歩いていた
お茶を飲むビーナスは斜上の方から私達の方を見ていたが
そこは黄色い絨毯で敷きつめられていた

斜光の眩しさが硝子に僅かに屈折し
隠れていた生活する彼女の目が光った――

まりは一旦詩から目を離し、読むのを止(や)め、ほんの少しの間(あいだ)何か物思いに耽(ふけ)るような顔をしていたが、「うん!!」と可愛らしい声で自身に首肯(うなず)いた。その後何秒くらいだろうか……何か準備するような目付きを空間に認識したかと思うと、突然歌を歌いだした!!　――アカペラの短い曲、まりしか知らないまりの歌を、うすべに色のバラのつぼみのような彼女の心が歌った。愛らしいスミレのような彼女の綻(ほころ)ぶ口元が歌った。――
すると開かれていた詩集のページに突然嵐のような静寂の光が現れ、歌い終わったばかりのまりが瞬(まばた)きする間もなくその顔を光々(こうこう)と照らしながら光はあっと云う間(ま)のあいだに部屋の四方に八方に大きく膨らみ広がった!!　その時、机そば近くにあった書棚が揺らいだ!?　その書棚はすぐに挿絵のようになり、その絵は水の面(おもて)のようにゆらゆら揺れる鏡に見えた。螺旋に解(ほど)け繋がり行く時空を超えた夥(おびただ)しい光と、多次元空間の歪みの入り口が縦横何万と交差している。――又、まりが詩を読み始めると、その場面が――その鏡に、詩集に描かれている情景が現れた。その情景を思い浮かべながら絵を見るようにまりは詩を読んでいたが、まり自身もまだ熱めのお茶をすすった。――時間を解か

れた空間でまりはビーナスの姿を見つけ、その顔を下から覗くようにして声をかけた。
「ねえ、ビーナスさん、あなたの飲んでいるそのお茶ってどんなの？」
ミロのビーナスは不意を突かれ、少々驚いた風。
「え⁉　まあ⁉　私に話しかける人なんて珍しい！……ホホホ、飲んでみれば？」
と、まりの方を向き、多次元時間軸が揺らぐ鏡の面（おもて）から、コップを持った生腕を出した。
「いいんですか？」
まりは彼女からカップを受け取った。——
「さあ、遠慮などなさらず。毒など入っていませんわよ。」
コップを渡した腕は又、元の世界に入った。
「それでは頂きますね。ウフッ、どんな味がするのかしら——……ワァッ⁉　これお茶？　ニガ‼　う〜ん……これって——」
「ホホホホ、お口に合わなくて？　これは麦を発酵させた飲み物よ。あなた方がビールと言っている物に近いものよ。どれ、あなたの飲んでいるものを今度は私（わたくし）に飲ませて頂けるかしら？」
そう言うとビーナスは、再び揺らぐ鏡の向こうの世界から、まりの部屋に大柄な体ごと入って来た。やはり大理石の彫刻ではなく、やわらかな皮膚と肉体を持った生身の美しいギリシャの成人女性であった。しなやかな腕も、海の波のようにキレイな目も生き生きとしていた‼
——まりは別に驚きもせず、嬉しそうに異邦人を招き入れた。——

「うふふ、どうぞどうぞ。——あの、これ美味しかったわよ！　とっても。ごちそうさま。でも胸が少し熱い！　熱い！　クセになりそう、イヒッ。」

まりは急須のお茶っ葉を入れ替え、熱湯を注いだ。——

「さあ、お持ちになって——やけどをしないように熱いから気をつけてゆっくり少しずつフウフウしながら飲んでください。……そうそう。」

ギリシャの女性はふうふう息をかけながらまりの言うように時間をかけて飲み干した。幾分ちぢれたような髪の束が肩でほどけ揺らいでいた。——まりはうっとりとその様子を眺めていたが、それを察してかハッと顔を上げてまりの目を見た——。

「温かいのね。——薄緑色の透明な温かい飲み物、何と云うか不思議な香り。飲んでみると気持ちが落ち着くわね……」

「よかった!!　緑茶よ。おかわりもあるよ——」

「有り難う！　後味もいいわね。もう一杯だけ頂こうかしら——」

「何杯でもいいわよ。カロリーもほとんど無いはずよ。太らないかしら〜なんて心配は、これに関してはゼロよ。体に良い成分も入ってるそうよ。ああ、そうそうナッツがあったっけ、ちょっと待っててすぐ取ってくるから——遠慮なさらずに、この椅子にお座りになって…そうそこに。ウフフ、私の椅子にミロのビーナスが座るなんて……本当光栄だわ!!」

まりは小皿にアーモンド・カシューナッツ・クルミ、その他ミックスされたものをビーナスに進め、自分も炊事場から持って来た椅子に座りお茶と共に食べた。
「不足しがちなミネラル類豊富よ。貧血とかカルシウム不足にもいいよ。」
「まあ、色んな木の実、美味しいわね！——私はあなたと同じ年頃の女よ。よろしくね！　あなた20代よね？」
「ええ、そうだけど。大分過ぎてるけどまだまだ20代よ。でもあなたは私よりもずっとしっかりした大人の女に見えるのは何故？　それに何よりもミロのビーナスって言われるだけあって神々しい程に美しい方ね‼　顔も身体(カラダ)も気品があって、女の私でも惚れ惚れするわ‼……こうしてお話しさせて頂いて本当に光栄だわ——私こそよろしくね。」
「まあまあ恥ずかしくなるわ、そんな。——私は普通の女性、ギリシャの一人の女よ。後(のち)の人々がそう呼ぶようになっただけよ。もちろん生身の本当の私は腕も手の指もあって、今みたいにお茶も飲むあなたと変わり無い同じ人間よ。」
「まあ、そんなとんでもない。あなたはちゃんとした文明があればどの時代であっても体形・容姿、そしてそれらの精神性共に理想美、理想の美人、ビーナスそのものだわ‼……」
「ホホホホ、ただの女よ。本当に美しい女性は私みたいに出来上がった女ではなくって、未熟な美しさを失わずに持っている女性よ。心も身体(カラダ)も容姿も——……」
「それは大人になる直前の青い果実のことを言ってるの？」

「それもあるけど、それはそれよ。今言っているのは大人になって成熟した後も未熟な美しさを秘めたものを失わずに持っている女性のことよ。目鼻立ち、均整のとれた体格、筋肉、脂肪の付き加減、付き方など、これらは一定の理想美、理想体格の目安で、健康には特に大切重要だけど……私みたいに大理石の彫刻になって、何がしのビーナスっておさまったらおしまいよ!!　理想美のさらし者もいいとこよ。」
「そんな……そんなことないわよ。あなたは気高く素敵な女性よ。皆の憧れよ!!」
「有り難う、そう言ってくれて――うふっ、もう一杯頂こうかしらそのお茶。」
「嬉しいわ！　緑茶を気に入ってくれて。うふふ、召し上がれ――ああ、足りなければナッツもまだあるよ。ごめんなさいね、今日は饅頭など甘い物は切れてるの。あればいいんだけど。緑茶にとっても合うのよ。この頃そう云った甘系のものは家に置かないようにしてるの。でも、たまにはケーキも、その饅頭なんかも頂くんだけどさ。ハハハ――」
「もう充分な温かいおもてなしよ、本当。」
「さっきのことだけど、未熟なのがいいんですの？　私にはよくわ……」
「違うわ。――未熟ではだめ!!」
「面白いわ!!　何か、何となく!!……」
「未熟なままでは……これでも生身の本当の私は恋に仕事に、その他にも色々と苦労奮闘して生きて来たの。喜びを得る為に――。神に気高く、おごそかに仕える巫ではないのよ。それに私は本物の大理石のミロのビーナスですらない。世界中に私のようなレプリカがどれ程いるか、私もその一体なの……」
「ううん、そんなこと気にしないで、全然気にすることじゃないのよ。本物の大理石であろうと、レプリカであろうと、今私の目の前で私とおしゃべりしているあなたが、私にとってはミロのビーナスその者よ。――」
「有り難う。……又、いつか会おうね。今日はこの辺でおいとまするわ。」
「うん。本当だよ。又、色々教えてね。じゃあ又。……」
ミロのビーナスは又鏡の向こうの元の自分の世界に帰って行った。

まりは少々納得したのか、又情景を思い浮かべながら絵を見るように鏡（書棚）を見た。――時空が歪み、めらめらゆらゆら揺らぐ異次元への出入り口の鏡の向こうの世界を覗いた。――そして今度はグラビアヌード女性（モデル）に声をかけようか迷っていた。すると、肌も露わな女性が少々大きな声で言った。
「あなた私を軽蔑してるのね……」
「ワァ!!」と度肝を抜かれたまりは思わず椅子から立ち上がった。
鏡の世界からヌードの女が顔だけ出していた――。
「違います。してません軽蔑など、決してしてません。本当です。」

「フフフフフフ、いいのよ。」

「何がいいのよ？　目玉飛び出しそうだったわ、もう――」

「でも、話しかけるのためらってたでしょ？　座って、ほら座って――」

ヌードの女はもう、まりの部屋に入っていた。

まりは座ると、「それは何を話そうか考えてたから――だって私の友達で裸の人っていないもの……」

フフフと笑うと、ヌードの女は自分から椅子に腰かけた。

「私だっていつもは、普段はちゃんとファッションに気を付けて服着てるのよ。これは仕事で、いつも裸じゃないのよ。」

「そ、そうだよねえ。私だって、お風呂ではスッポンポンだものね。この間も風呂で眠っちゃって溺れそうになったんだ……」

「ハハハハハハ、あなたって面白い娘ね。私はまだ浴槽で溺れそうになった事って無いわよ。」

「そらそうよ。年頃の女がそんなドジな事するの私ぐらいなもんよ。でもお風呂は私一人居るだけ――。でもあなたは他人に見られる。沢山の人に。特に男の人に。やらしい目で。――恥ずかしくはない？　いや、軽蔑で言ってるのではなくてよ。」

「初めはね。でも慣れたし、これは仕事だって割り切ってるし、結構この仕事好きなの。若い間しか出来ないかも知れないけど、今はそれでいいの。カラダを売るのとは違うわ。……」

「うん!!　もちろんよ。あなたにモデルのプライドが感じられる。よかった。――あなたとお話し出来て！　うん、私も自分の仕事に誇りを持とう。ところで、私なんかでもヌードモデルの仕事出来るかしら？」
「フフフフ、やりたいの⁉」
「いやそう云う訳では……どうしたらヌードモデルになれるのかなと、ちょっと思ったもんだから……それに何かの参考になるかも……。そうそう、ほんのちょっと待ってて――」
まりはタンスの引き出しを開け、パジャマをモデルに渡した。
「寒そう‼　長袖と下のズボンこれ使って。洗濯してあるから。」
「いいの？　こんなまだ新しそうなパジャマ。――　――温かいわ！」
「いつ返してくれてもいいよ。もうずっと使ってくれても。」
「うん、有り難う。――そうそう、この仕事のことね？」
パジャマ姿のモデルは、まりのあっちこっちを真剣な眼差しで観察しながら、左肩に片手を置き優しく顔を見、言った。
「もし本当にヌードモデルになりたくなったら、――うふふ、いつでも相談にのるわよ。でも、その時は多分こう言うと思うなあ――今のあなたには無理よ。全く向いてない。ってね。……」
「⁉⁉――そんなあ、それじゃあ私には女の魅力が無い⁉　セックスアピール無しと云う事じゃん。うわー大変‼　かなりショック‼――これはきっと母による私への育て方に問題があったんだわ。私には大人の女の魅力が乏しいんじゃないかとは、以前から薄々気付いてはいたんだけど、こうまではっきり指摘されるとは、これが現実なんだ。」

「ハッハッハ、もう誰がそんな事言ったのよ。私の言った事、誤解してる。曲解してるよ。まあ強烈（モーレツ）なセックスアピールがあなたに有るか無いかは今はどちらとも言えないまでも、あなたに女の魅力が無いなんて全然一言も言ってないよ。」
「そう！　そうよ！　そうよねえ。あなたの言う言葉は真っ直ぐで、説得力あるもの。」
「ヌードモデルには向いてないって言っただけよ。フフフフフ、それにまりちゃんはいつだったかこの部屋で、乙女だったんだ！……乙女なんだ。って言ってたじゃん。フフフフフフ、乙女にはこの仕事出来ないのよ。——」
まりの顔はみるみる真っ赤に染まり！
「まあ、いい大人の女（わたし）がそんな事を……それこそヌードになるより恥ずかしいわ!!」

都会のシスター

私は夜の歩道をショーウィンドウに映る彼女と手を繋いで歩く——
彼女のプロポーションはまずまずだし　顔は斜め上にあげその目の色と同じ色の星を見ている——その瞳は決して悲しみに満たされた心を覗き込もうとはしない
私の手は温かいよ　強（こわ）ばった君の色白の手を温めてあげよう　そうだちょっと待ってて　あそこのハンバーガー店でもっと温まるホットコ

ーヒーを買ってくるから
もちろんハンバーガーもね　君と僕の二人分さ

君は大通りやビル街の雑踏以外でどんな所に行ったの？
道路の曲率にそった街灯の並びが僕らを照らし　今は繋いだ手を離し
君は嬉しそうな顔をしてハンバーガーを頬ばる
そして少し冷めだしたコーヒーを僕の顔を見ながらすする
——可愛いね!!
僕も負けじと食べ歩きさ　金色のお月様のような顔を二人して——

それからしばらく親密に二人は話をしていた——
そんな新品のワンピースより　清潔に君自身の着古したスカートやセーター、それに上着がいいね
彼女も本当はそれの方が好きだが　これもマネキンの仕事のうちだからと言った……
君の仕事は楽なように見えるが大変な労働なんだ……
ユリの木の葉隠れに姿を透かしていた蛾が思い切ってパタパタと螺旋に——
コンクリートの壁にそってビルの黄色い明かりのついた窓目指して
夢のようにジルバを踊るように羽ばたいた
慣れているわ　それに私も夜は眠るのよ
今日はあなたとこうして話しているから夜更かしね　とっても幸せな

夜更かしね!!
私はゆっくり毛布を掛けるように瞼を閉じた
君は恥ずかしそうに都会の服と衣を脱ぐ
すっかり裸になった君のカラダを人々の瞼が被せていく
メトロポリスの短い夜に都会のシスターが眠りにつく——

MARI　　　　　　　　　　MARI

——一滴(ひとしずく)涙がまりの頬を濡した。
「どうしたの!?　まあ、涙なんか流して…」
「うん。大丈夫よ。読んでたら目に涙浮かんできちゃった。——この詩の彼女ね、抑えた抑えた気持ちで話すの、……抑え切れない想いを…いじらしくって、いじらしくって、つい。——」
「優しいのね！　あなたは感受性が強くて……あーあー又大きな涙つぶ落ちそうよ。頬っぺに伝ってる。しょうがないなあ、詩読んだくらいで、フフフ。——ねえ、もう少しここに居ていい？」
「何言ってるの、もちろんいいよ。どうせだったら泊まっていったら？母が来た時の為にと布団余分に一つあるから。」
「え、いいの？」
「どうせいつもこの部屋に居るんだし、たまには本から出る冒険もいいんじゃない？」
「ハハハ、そうだわねえ。でも泊まりは今度いつかに置いといて、今日はまりちゃんが眠るまで居させて……」

「うん、あなたの自由よ、そうしたら……。――あ、名前聞かせてもらってもいい？」

「申し遅れたわね。ヨウコよ。ヨーコって呼んで。20歳（ハタチ）よ。うん。……」

「え～!?　ウソー、てっきり私と同じくらいか、ううん、もっと年上かと思ってた。」

「うふっ！　でも来月には21になるのよ。」

「まだそんなに若いんだ！　それなのにそんなに大人の色気があるんだ!!　そうだ、私の妹になってもらおうっと、いいよね？」

「うん、いいよ。やったー!!　私もお姉さんが欲しかったんだ。……でも、ややこしい問題があるなあ……うう～ん……」

「何？　何？　何考え込んじゃってるの？」

「この私はハタチなの。でも本当は20歳じゃないのよ。詩に出てくるこの雑誌（グラビア）は相当昔のものなの。私の推察でしか話せないんだけど、多分作者が回想しているんだと思うんだ、かなり以前の事を――だから私の実存としてのどこかで実在しているであろう私は、私の実年齢はそれこそ相当の年齢のはずよ。二回り、いやもっと年上かも知れない……」

「ここに居る20歳のヨーコも本物よね。」

「時空を裏返せばね。――現役の女子大生よ。モデル系の芸能事務所に所属・登録してるの。」

「ハアーそうなんだ！　女子大生でもあるんだ。サインしてもらってもいいかしら？」
「ハハハ、違う違う、サインするような芸能人じゃない。ただのヌードモデルよ――」
「私の妹でいこう。ヨーコの実存は私が保証するわ。」
「よかった！　まりちゃんがそれでいいんなら、私もＯＫよ。」
「テレビでも見る？」
「ううん、いい。私もそれ見せて。二人で読もうよ。」
「いいよ。その前にヨーコにもお茶入れたげる。それから寒くなってきたから、そっちのホームコタツに移ろう。そらそこのコタツのスイッチＯＮに入れて――そうそう、ほんで机の上の詩集持って来て、コタツに入ってて。今熱めのお茶持って来るから――アチ、アチ！」
「大丈夫？　やけどしないで。」
香りのいいお茶の湯気が部屋の空気を和らげ、本当の姉妹のように二人はニコニコしながらコタツに腰を落ち着けた。
「やっぱあなたの方が私より断然年上に見える。いい女に見える！　も～、ちょっと憎らしいくらいよ。ねえねえ教えて、ヨーコのように大人の色気のあるいい女になるにはどうしたらいいの？　やっぱもっと恋をしたらいいのかしら……胸はこれ以上大きくならないし、少うし脚太目だけど、ミニスカートでいくか？　うーん⁉」
……妹は口元にいたずらっぽい微笑みを浮かべながら言った。
「ハイ、お姉様、僭越（せんえつ）ではございますが、その問いに答えさせて頂きますわ。ほんのご参考になさってくだされば幸いでございます。コホン。」
「クックック何改まって——、期待出来そうね、うふふふふ。」
妹は優しく言った——
「お姉様、……おセンチで、涙腺の弱い、優しい乙女には、色気は10年早いのよ！」
「まあ‼」

君のことを

夜眠る彼女の目は時々夢現(ゆめうつつ)に開き
プレタポルテの袖口から伸びる腕の時計はその記憶の裏側を楕円に回る電子の余白を辿(たど)った——
紫のネオンに濡れるアスファルト道路に落ちていた何かの破片を見つけ　夜の寝室でグルッと月の半円を描く——
アスファルトを飛び歩く鳩——
彼女の美しい胸の線(ライン)は鼓動している

「何を思っていたの？」
「うん？　何をって？　別に何も……」
しばらく私達は無言で歩いていた
彼女は再び話し始めた——

「私いつものように広告塔のテレビニュースを見てたんだけど
その時海外からの映像が画面に映っていたの……」
彼女の表情は変わらなかった　普段周りに何が起こっても――
胸の線（ライン）は鼓動し　アスファルトを飛び歩く鳩のペンダントが揺れた
――すると彼女はモダンバレエのポーズで手招きし　ノースリーブのカジュアルウエアに着替えると
腕時計も外し　美しい真夏の夜の夢に飛び込ませた!!
「今日は私達噴水の綺麗な公園でデートね
さあ！　腕を組んでいきましょう。」
彼女の頬に紅みが差し
生き生きとした表情で私の手を取った
「どうしたの？」
「いや、君の手がとても温かいんだ！　とても――」
「そう、うふふ　あなたの手もよ。」
又しばらく私達は無言で歩いていた――
「そこにはね、独立運動で亡くなった肉親に、女性が花を添えていたのよ。街路の舗道の石畳の上に、静かに赤い花を置き手を合わせていたの。まだ戦火冷めきらず、近くで装甲車が走り、落ち着かぬ人々の行き交う雑踏で　静かな手は　指は　何かを祈っていたわ。」
――私は呆気にとられ、色白の彼女の顔をしみじみと眺めた
彼女が多少ともどう云う理由であれ政治に関わることに関心を寄せようとは思ってもいなかった……

「花が捧げられました。１本の赤い花が　赤いカーネーションの花が……」――まるで動かなくなり　彼女は祈るように手を合わせ呟いた――

彼女の美しい胸の線は鼓動し　アスファルト道を飛び歩く鳩のペンダントが揺れた――
「何を思っていたの？」
「うん？　何をって？　別に何も……いや、君のことを――」

ＭＡＲＩ――――――――――　――――――――――ＭＡＲＩ

「何を思っていたの？」
「うん？　何をって？　二人のことと、……」
「ことと……何？」
「10年程前に肺炎で亡くなった私のおじいちゃんとても人の良い優しい人だったのよ。ウフッ！　おばあちゃんとおしどり夫婦でさ、フフフ！」
「それで？――」
「おじいちゃんが話してくれた事よ。――今のあなたくらいの頃、20歳になるかならないかの独身の時に、赤紙が来たの。」
「赤紙って？」
「戦争に駆り出される召集令状をそう呼ぶの。それで大陸に陸軍兵士として最前線に送り込まれたの。――至る所で戦闘し、それはもうそれこそ生と死が隣り合わせの想像を絶するような世界だったみたい。或る時、おじいちゃんの所属する部隊が、かなりの多人数で見晴らしの良い広大な畑地がずっと延々と続いている地点を移動している時、突然敵の戦闘機が何機か上空に現れて、低空飛行で狙い撃ちされたの。隠れる所もなく、あっと云う間に一部隊が壊滅して、奇跡的に生き残ったのは二人だけだったんだって……‼」

「え～⁉」

「本当の話よ！」

「それって……」

「うん、生き残った者の一人がおじいちゃんだったの――」

「そうなんだ‼」

「おじいちゃんのお兄さんも所属する連隊は違ったけど、やはり陸軍に居たんだけど戦死してるのよ。」

「うわーあー最悪じゃあないの。かわいそうに‼……」

「多くの人の驚き、走り逃げ惑う姿や散々の声、何回も旋回して機銃掃射する銃音と低空飛行音――おじいちゃんも走り転んだままなす術(すべ)もなく荒地に体と顔を打ちつけたままへばりつかせ、死んだ振りをして横目で戦闘機を見てたの。――そしたらその飛行パイロットのギロギロしている顔がハッキリ見えたって――。」

「聞いているだけでもゾッとするわ！」

「銃弾による畑の土がバチバチバチパパパパパパっと顔のすぐそば横

を土煙りと共に弾(はじ)けとんだのを、——戦闘機のまだその上の青い空からおじいちゃん自身がおじいちゃんの目がその光景を見ていた。そんな感覚——どれぐらいの時間だったろうか？　気がつくと、静寂が我に返らせてくれていたと云う風なことを言っていた。……もし、そこでおじいちゃんが死んでいたら、私は今ここに存在しないの！」

彼女の美しい胸の線(ライン)は鼓動し　アスファルト道を飛び歩く鳩のペンダントが揺れた——
「何を思っているの？」
「うん？　何をって？　別に何も……いや、君の存在(こと)を——」

ダンシングナイト

「私ね、この頃洋楽よく聞くのよ　店でかかっているのがショーウィンドウにまで流れてくるの」
「えー、本当に？」
「特に私の好きなアラベスクの歌このところよく聞こえてくるの」
「それってもう随分前に流行ってたディスコ曲全盛の頃のもの……」
「きっと私の為にかけてくれてるのよ」
「ハハハハハ、まさか！」
「あのディスコ調の独特のリズム・ボーカル聞くと、もう堪らないの。カラダがうずうずしてワァーッと飛び跳ねたくなるの！……」

「だ、大丈夫？」

「私はまだ若いギャルのつもりよ」

「フフ、つもりなんだ」

「も～何よ……」

「そしたら今夜は君の為に愛のトロピカルナイトからいく？」

「それから恋のメリーゴーランドね！」

「それからドリーミー！」

「ウフッ、そうね　他にも色々良い曲、楽しい曲あるけど」

――彼女は僕に軽くウインクして踊り出した――

「何ニヤニヤしてるの？」

「うん？　何をって、別に何も……いや、君が……」

「君が何？　ええ？　どうしたって？　よく聞こえないわ　何？何？…君が好きって言ったの？　もう…もっと大きな声でハッキリ言っちゃいなさいよ　好きなら好きって――」

――美しい真夏の夜の振り付け

すらりとした片美脚をサッと上げ　リズミカルに曲げ伸ばし

両手をモダンバレエのポーズで宇宙（そら）に広げ

腰は悩ましげに振り振り

胸は大きく揺れて　ここぞとばかりに息継ぎラララララーララ虹色メロディー　胸は大きく揺れて　ここぞとばかりに息継ぎラッタッターラッタッター虹色リズム

ああ‼　そしてニッコリ笑い　グイと汗にじむ顔をこちらに引き付け

ると——
「あなた　あなたも踊るのよ　何してるの！」
「ええ⁉⁉　あー、ハイ‼」

——しばらく踊っていたが
彼女は僕の顔を見てフーッと溜息し
「いやーあ、久し振りにフィーバーしたんで　つーかれーたわー‼」

MARI　　　　　　　　　　　　　　　　　　　MARI

「ウフッ！　ウフフフフ！」
「ハハハハハ、何よこれ、…つーかれーたわーだって⁉　まりちゃん言ってたわよね、彼女いじらしいって、前の詩の彼女と全然違うじゃん！」
「そうかしら？……」
「そうよ、明るく活発になってるし——もうあんなに異性を意識して積極的じゃん。」
「それはあの場合、ディスコ曲にのって気分もイエーイ！　だったのよ。」
「それにディスコダンスでノリノリって訳？」
「そうよ、でもそれはそれなりにかえってやっぱりいじらしいわ！　だって普段はあんなに過酷で抑制された仕事してんのよ。こんな時ぐらい……」
「まりちゃん、優しいのね！」
「そんな、私は何回も何回も彼女と会ってるから、彼女の気持ち少しは理解出来るだけよ。」
「ねえまりちゃん、彼女もここに呼んでよ。ちょっと聞いてみよ。色々問うてみよーよ。」
「そうねえ、彼とのこともどの程度関係が進んでいるかも気になるしね。イヒッ！」
「二人がどこまでいったのか？　って、云うことだよね、ちゃんと本人の口から言ってもらおうよ。」
「ウフッ！　そうそうそうよね、それは聞かなくちゃあね——」
——まりは、フィーバーし、モダンダンスを踊り終わった彼女に鏡越しに言った。
「ねえ、此方(こちら)にいらっしゃいよ。汗いっぱいかいたでしょー、このスポーツタオル使って、ハイ。——此処で休憩して三人でお茶飲もうよ。何だったら此処にアラベスクのＣＤあるから三人で踊ろう。」
彼女はまだ上気した様子で、多次元時間軸が揺らぐ鏡の世界からまりに親愛な笑顔を湛(たた)えて軽く会釈をして言った——
「有り難う。お気持ちは大変嬉しいんだけど、今は行けないわ。又いつか機会があれば好意に甘えさせていただくわね。」
「えー⁉　どうして？」
「だって、私達今デート中だから、お願い、邪魔をしないで！——」

「まあ!!　ヨーコちゃん……」
「まあ!!　まりちゃん……」

magic night

「teaカップかしら？」
割れて　泥の固まった土と埃を付けて誰からも忘れられた食器――
茶碗はその存在のように硬質のアルトの声で――拾い上げ土を指でこすり取った彼女の爪にギリアドと応えた
「いい色ね！」
「うん　綺麗な単色の青磁器だ――」
「TEAカップかしら……」
「Eカップじゃあないの？」
「ちょっとどこ見てるの　もーこのカップよ　これ　」
フーッと二人は鼻から息を出し笑った
「あのねえ私はそんなにありません　皮肉なの？」
「いや　そんな滅相な……」
コスモスのビロードピンクの花の束がさらさらと夕風に　カラーとモノクロの間（あいだ）で眠るヒマワリの大時計の方に流れた――
「かつてこのカップも使われていたんだろうなあ　きっと……」
「いいえ　今も使われているのよ」
「誰が使うんだよ　土の付いたカップを？　君が？」

「いいえ　streetハートよ」
「ストリート・ハート？　ああ都会に住む鳩達だね　どこで寝るんだろうね？……昼間広場や公園でもよく見かけるよ……」
彼女は右手を胸に置きながら――私にニッコリ微笑みウインクした
「Eカップじゃあないのよ」
私はじっとsisterを見つめた――
彼女は水のみ口でカップを洗い　そして綺麗な水を入れている――
「少しは綺麗になったわね　返しましょう　street鳩達に」
そう言うと　その手は優しくカップを元の所に置いた
ああ　するとどうだろう！　その時　パッと
彼女の胸のペンダントからハート（heart）が一羽　真夏の夜空に飛び立ったではないか――
「ハーイ！」メトロポリスのsister　モダンバレエのポーズで――
magic night!!

MARI――――――――　――――――――MARI

「これも面白い詩ね！」
「そうでしょう　夢のような詩でしょ！　彼女に妖精かなんか乗り移ってるみたい――」
「ウフッ、どうかしら？　でも所詮マジックはマジックよ。楽しいイリュージョンではあるけれどね。――私は一歩一歩地道に自分の現実的な夢を追うわ。」
「うんうん、あなたらしいわ。そう云う姿勢はヨーコの良いとこよ。私も少しは見習わなくっちゃあね。私ちょっとアホなとこあるから、ウフフ。」
「やーだーまりちゃん。まじでちっともそんなこと無い無い。私が保証する。私こそ、ヌードモデルなんかしていて、何てアホなことしていたのかしらって、のちのちになって振り返るかも知れないわ。」
「ハハハ、所詮私は私よ！　でも私のことそんな風に言ってくれて有り難う。――あなたは信念を持ってその仕事をしてるのよ。自信を持って。ファイトよ。もし辞めたくなったらいつでも辞めればいいのよ。」
「そうね、有り難う。そのファイトもらったわよ。でもね、自分のことって本当によく知っているようで、本当によく知ってないものよ。毎日刺激を受け移ろい変わって行くまだ若くて未熟な人生で、色々な様々な私がいるの。知と理性を持ってしても制御不能な時の自分もあるわ！――この目を、自分が映っている鏡や写真から離すと、どう云う訳かあっと云う間に姿(それ)がぼんやりと薄れていき、自分の顔がしっかりとよく思い出せなくなるの！……自分の顔を思い出す（取り戻す）には、又目を開けて私を映してくれる手鏡(ミラー)と、もう一つの鏡に（私の周りにいる私に関わっている様々な人に、時に自然などに）私を映さなくてはいけないの。――」
「あなたの体(ヌード)とっても綺麗よ！」

「そう？　本当に？」
「うん。あなたの精神（ヌード）とっても綺麗よ！」

「ねえ、彼女最初いじらしいくらい控え目で性格のおとなしい内気な心根の女性かとばかり思ってたけど、どうしてどうしてちょっとあなどれないわ！」
「私はとてもチャーミングで優しい女性だと思うわ。」
「そう言うと思ってた。まりちゃん本当に人が良いんだから！　彼女曲者（クセモノ）よ。油断出来ない！　私ですら彼女のファンになりそうだもの。」
「まあ！　フフフフフ！」
「やっぱりこの部屋に来てもらおうよ。彼女だけじゃあなくて、彼氏も呼んだらどうかしら？」
「そうねえ、二人共招待すればいいのよねえ？」
「そうすればデート中一人（かたほう）が居なくなることもないもの。まりちゃん呼ぼーよ。」
まりは首肯き、マジックナイトでキラキラしているお姉さんに向かって言った――。
「ねえ、彼と二人でこちらに遊びにいらっしゃいよ。」
「ああ、まりちゃん何度も本当に有り難う。でもやっぱり今は行けないわ。だって現役女子大生にしてヌードモデルのお姉さん、今はピンクのパジャマを着て裸じゃないそうね、ウフフ。それから部屋着上下裏起毛フリーススエット姿のあなた。――二人共とても魅力的な女性よ！……」

「いえ、とんでもない。それ程でもありません、本当に。」

「ううん、とっても素敵よ！　知性と色気を兼ね備えているわ！　スタイルとシミ一つ無い色白ぐらいが取り柄の私とは大違いよ。――」

「ああ、ヨーコちゃんはそうかも――。でもあたしはただのぶかぶかスエットはいただけ女よ。」

「まあ、どうしてどうしてスッピンで飾り気無しのチャーミングな若い娘に、むしろ男はグッと来るものよ。」

「そうかなあ⁉　参考になるかなあ？　それに私もうそんなに若く……」

「若く無いって？　うらやましいわ！　歳を取ることが出来るなんて最高よ。いつもいつも今日のあなたが一番若いのよ。この今の瞬間が生きている一番新しい若いあなたよ。古くなる事自体がすべて年（とし）を取ることじゃあないわ――。」

「精神論を言ってるの？――それともそれもマジック？」

「歳を取ることが出来るなんて素晴らしいことよ！」

「うん。キャメロンはこんなこと言っていたなあ。私の姉貴になってくれた人よ。実年齢は止められないけど、老化は著しく遅らせることが出来る。私の健康法もその一つだって――……あなたの言ったことと、キャメロンの言った事が同じ次元で共通するものなのか、いや、相反する全く矛盾するものなのか、とても興味深いわ‼　ウフフ、なんか話が幸福と健康寿命の方にまで横道に広がっちゃったけど……これはいつか機会があれば又話しましょう。――そうそう二人で今遊びに来られないの？」
ヨーコもしびれを切らせて言った――
「私も歓迎よ！　ウエルカムよ！　是非二人で遊びに来てよ。」
鏡の向こうの世界にいるマジックナイトのお姉さんは素敵なプロポーションを持て余すかのように少々困った様子で二人に答えた。
「あなた達二人の美しい心をこれからの私のお手本としたいわ！」
「ウフフ、そんな大袈裟な。お手本だなんて、やだわ、ウフッ。私だって色々ドロドロしたものも心にあるのよ。私こそあなたのピュアな想いやその心根を見習いたいくらいよ！」
「――うん。でも今は行けないわ。だってヌードモデルのグラマーなあなた。そしてチャーミングなまりちゃん。そんなフェロモンムンムンな二人の女性が居る所に彼を連れて来るなんて危ない！　危ない！……」
「まあ‼……」
「まあ‼……」

熱いキス

星のように輝く水の色　音
空に舞い上がり落ちていく――
「星のようね　星が舞い上がり　落ちていくようね！」

短い短い舞踊の連続模様――

「ウフフ　ミストが顔にかかるわ　腕にも　気持ちいい！」

「可愛いね！」

「え！　私のこと？　まあー！」

真夏の夜の恋色　水の舞踊にまぎれて――

「キスしてもいい？」

「え！　今私、あなたがキスするんじゃあないかと思って

ドキドキしていたところだったのよ！」

「キスしてもいい？」

「うん　でも目つぶらないから――あなたも私みたいにドキドキしてもらうから……ウフッ　いいわよ　どうしたの？　どうしたのよ？」

「目大きく開き過ぎ！　フフフフフ　クリクリのお目め　ちょっと変な顔になってるみたい　でも本当に可愛いね！」

「もう　いやだわ！　私変顔になっていたの？」

煌(きらめ)く水の色　音　短い短い水の舞踊の連続　色　空に舞い上がり落ちていく――

ピュアな打楽器の水音(みずおと)耳触り　水色色彩(しきさい)　金色七色セピア色　金色七色真珠色

パシャパシャパシャパシャパシャパシャパシャパシャ――

綺麗な広い公園広場　スミレ色とスミレ色を行き交う人々

池の空(おもて)にも　見上げるパノラマ空にも広がる無数の真珠——
円型の噴水で　手を広げたように水が空中で分かれる
「恋のようね！　熱い想いが舞い上がり
落ちていく……！」
「ええ？　何！　あ～あ、うんうん　でも違うんだよ　あれは失恋の暗示なんかじゃあ——うーん　そうだね　敢えて言えば循環——自然の摂理を表しているんだと思う」
「あ～!!　そうなの？……」
ピュアな打楽器の水音耳触り　水色色彩　金色七色セピア色　金色七色真珠色
パシャパシャパシャパシャパシャパシャパシャパシャ——
「見てごらん　ほら　目の前に見えるのは水の舞踊　音楽　純粋な夏の美しい芸術アートだよ」
「そうなんだ！　うんうん　でもね　いつになったら私にキスをするのかな？　これだけ周りのシチュエーションが　ロマンチックな雰囲気が整っているのに——」
「キスをしてもいいの？　本当に？」
「うん！」
「でもね　僕がキスをしようと顔を近づけると　君の頬も　唇も　燃えるように真紅に染まって　僕は火傷(やけど)しそうなんだけど……!!」
「まあそれでミストが顔にかかると　気持ちいいんだわ！　私すぐ顔が火照るの　だって　それに　初めてのキスなんだもの　なおさら

よ！」
「本当に可愛いね！」
「まあ！　でも大丈夫私にキスしても火傷（やけど）なんかしないわ　だってこれは燃えと云うより萌えよ⁉　でもやっぱり燃えてもいるよねえ……ブツブツ……」
星のように輝く水の色　音
「よし　お願いあなた少しの間目をつぶってて——そういいわよ　そのまま——私がキスしてあげる‼　ウフッ　真っ赤な燃えるようなとびきり熱いキスをね‼」

MARI　　　　　　　　　　　　　　　　　MARI

——たまらずヨーコが言った。
「あーあー、二人でいちゃいちゃしちゃってモー、見てられんわ！」
「でも、ロマンチックだわ。こんなデートいいなあー！」
「やだ、まりちゃん何うらやましそうな顔してんの。私達は見せつけられてんのよ。……」
「いつキスするのかなあ？」
「いつだってする時はするのよ。」
「燃えるようなキスって、やっぱり体中熱くなるのかなあ……」
「やめなさいって、そんなこと想像するの。——」
「それとも甘い味がするのかしら？」

「ああーあー、ボーッとしちゃって、……そうよ、とびっきり甘いアンパンとジャムパンの味がするのよ。」
「まあ!!　アンパンとジャムパンの味が??　それじゃあ本当に甘くて、美味しいだろうねー」
「今しっかり熱くて、渋めのお茶ヨーコがいれたげるね。」
「ウフッ、気が利くじゃん。」
「おなか空いてきたから、さっき冷蔵庫にあった菓子パン勝手に持って来たわ。食べようよ、いいよね。この苦めのお茶飲んで、あなたのボーッとした顔、元に戻そお――」
「ウフフフフ。別にボーッとしてないわよ。いいなあ！　と思ってただけよ。そのアンパンとジャムパンいいんだけど、一昨日スーパーで買ったものだから賞味期限とか消費期限切れてないかヨーコちゃん袋見て確かめてね。」
「あ～あ、……ＯＫよ。」
「本当に大丈夫？」
「もー何言ってんの、まだまだ10年どころか20年、いやそれ以上ＯＫ。いけるわよ！」
「えー!!　そんなにー??」
「まりちゃんの賞味期限まだまだ大丈夫ずうーと遥か先よ。安心していいのよ!!」
「まあ!!」
「ウフフ……」

「私もいつになったらこんな素敵なデートや恋が出来るのかしら？」
「だから言ってるでしょ、あなたの賞味期限まだまだ大丈夫ずうーっと先よ。アセらない、アセらない。」
「ああ～！」

休息

どうしてあなたは眠っているの？
あたし眠たいからよ――
じゃあ　今度いつ起きるの？
そこにいるぬいぐるみの犬が
外から私が帰って来ると「フンフン」匂い嗅ぎつけ
急ぎ近づき「ワンワン」と軽く吠えるの
その時私も起きると思うわ！
向こうのテーブルで茶碗と水差しが
お話しし合っているの聞こえる？
ええ　聞こえるわ
多分軽合金（ジェラルミン）額にはめられているモダンな絵を
感心し合っているんだわ……
ああ――現代の風景画かな？　都会の巨大なビルが立ち並んでる――
よく見て　すごいよ！　それをバックに　コンピューター用紙に
沢山の沢山の小さな小さなアルファベットとドットで作られた夥(おびただ)しい

数えきれない程の数字でモナリザが描かれているんだ！

ウフフ　妹が描いたのよ——

隣のショーウィンドウのディスプレー

椅子に座り　机の上のパソコンに向かってる

ほら見て私の妹を——

彼女が打ったのよ　コボル（COBOL）のモナリザって呼んでいる…

…

あの絵は500年以上前のイタリアルネッサンスの

精神記憶形状を持っているんですって！——

どうりであのモナリザからリュートの楽曲音色が

聞こえてくるような気がした！　……

ええ？　本当に？……ウフッ！　さらに妹は

あの数字は遥か宇宙に繋がっているのよって⁉

真珠のような目をして言うんですよ——

ハッハハハハ　それは面白い！　そう云えば

あの夥(おびただ)しい数のアルファベットとドット

銀河や星を表しているのでは……？

さあ　それは私には何とも……

でもね　私が目覚めると

あの数字が一瞬にして消えそうな

コボルのモナリザが居なくなるような

そんな危うさが感じられるの⁉

——それはあなたの直感？　それとも
眠りから覚めると云う意味と　何かに目覚めると云う
二つの意味がはらんでいるんじゃありませんか？
妹の存在は際立っているの　いつも妹はしっかり私達を見ているの
それだけに妹の不在は現実的にありうるかもしれないの⁉

青い空から射す陽が　硝子（ガラス）越しのレースのカーテンを透して
休息をしている彼女の影と話しています——

MARI　　　　　　　　　　　　MARI

まりは優しく話しかけるように尋ねた。
「お姉さんは今どこに居るの？」
「姉は今恋をしています。さーてどこでどうしているのか、私が聞きたいくらいよ。」
彼女は両肩と両手を少し上げ、ちょっとひょうきんな顔をして見せ応えた。まりもそれに合わせ苦（にが）っと笑った。——
「帰りを待っているの？」
「私にそう云う時間概念があればの話ですが……そう云う訳では……と言っておきますね。」
「あなたはとても魅力的な真珠のような美しい目をしているわ。素敵ね！」

「ウフッ！　まあ恥ずかしい。いやみじゃなく、褒めてくれてるのね。……不思議そうな顔をして、私と私の目を見てここを通り行く人が少なくないのよ。あのね、これはね、人工EYEなんだけど――占い師や魔女が使う水晶玉のように、ある程度先のことや人の姿が見えるの。ウフフ、ちょっとした小型超すぐれたスーパーコンピューター内蔵ってところかな――」
「ワ！　ワ‼　あなたの目すごーい！」「ね、ね、私のことも見える？どう？」
「う、う～ん。私は占い師じゃなーいわ。それに、あなたまりちゃんて言うのよね。自分の先の人生を知らない方がいいことよ。」
「ハハハ、そうよね。あなたの言うとおりだわ。」
「いいのよ。でも怖いものみたさって誰にでもあるものよ。気にしないで。」
「お姉さんがこちらの方に帰って来ると、あなたは本当に消えて居なくなっちゃうの？」
「まあ、そんなこと……どのみちディスプレイはその期間が過ぎれば片付けられるもの。私達はどこか遠い所に移動するかもしれないし、それが私達の運命の一つよ。ただこの場所でもう何年も仕事しているから、当分の間はここに居ると思う。でもそれも約束されたものじゃあなくてよ。ああー、うん。姉はもう帰らないように思う。恋の道を選んだもの……ただ姉は18年程したら死ぬわ！」
「そんなあ⁉」

「18年って相当な月日、年月よ！」
「でも振り返ればあっと云う間よ！　お姉さんはそのことを知っていらっしゃるの？」
「知らないと思う。——私だって自分のことは見えない。ちょうど鏡や写真・映像でしか自分を見ることが出来ないように。——」
「妹のあなたがそのことを言ってあげたら？　気をつけるようにと——」
「100歳以上生きたら、あなたは幸福なの……」
「でも、……」
「今姉は幸(しあわせ)を見つけた。そのことに私は何も忠告することは無いわ。姉が何か困ったことがあれば私は何時(いつ)でも話を聞き、力を貸すわ。」
「うん⁉　なるほど！　うん、I see！」
「ウフッ！——」
「ところで、あなたがお姉さんで、恋をしている彼女が妹さんでは？」
「ウフッ！　どうして？」
「あなたが使うパソコンのそばの小さな花瓶に添えられた青花　白花」
「私が使うパソコンのそばの小さな花瓶に添えられた青花　白花　勿忘草」
「二人は同じ人？　あなたと彼女は同じ人？」
「勿忘草が忘れない草のように！　勿忘草が忘れる草のように！
小さな花瓶に添えられた青花　白花　恋(ピンク)の花　私を覚えていて？」

椅子に座り　机の上のパソコンに向かってる
ほら見て私の妹を——
さらに妹はあの数字は遥か宇宙に繋がっているのよって！
真珠のような目をして言うんですよ——

映画を観た帰り

夜の真空の電話ボックスの上でパステルカラーの夕空が広がり
音の無い風が彼女の声を待った——
点から線の　横顔から横顔の　時間を模写する姿から姿へ
ピントの合わない視野にネオンの色彩が点滅して流れ
青いジーンズをはいた彼女の腰から脚に光が一瞬踊り遠のいた
微弱な風が彼女の笑う声に引き寄せられ
気持ちの良い髪の香りに変わる……
あまり化粧や香水をつけないので　いつも彼女自身の匂いのするのを知る
私はその匂いが何よりも好きだ！——
木綿の薄手のブレザーを着た彼女の肩の辺りでカットした髪が揺れ
いたずらっぽくエクボをつけた顔で私を覗き込んだ
「ウフフ！　あなたは辛い時には歯を食い縛ってでも泣こうとはしないのに　映画なんかですぐ泣いちゃうんだから！」

ＰＭ６：40　夜の斜光の玩具店のショーウィンドウで
音の無い風が　時間を気にするシンデレラにウインクの仕方を教える
――玩具の（カボチャの）馬車は魔法で今にも走りそう――
「もう少しだけ寄り道したら帰ろうか？」
「うん！　そうね　もうそろそろ帰ろ　家が恋しくなってきたわ！」

ＰＭ８時　赤方偏移する星が君の在り処（あかりか）（瞳）に映（とま）っていて
僕らの若さも僕らからは今は遠のかない――
二人腕を組み　数時間前観た映画の余韻に酔い
微弱な風に髪を触らせ見渡す広い夜空を歩いて帰る
見慣れた家屋　馴染みのある草の香り
「星がいっぱい！　ほら見て――」
「うん本当に！　でもよかった！」
「何のこと？　ああーあのこと？　私のあのこと？」
「うん！」
「あなたのこともよかった！」
「何が？……」
「ウフッ！　もうすぐ家よ　おなかすいた？」
「チーズにクラッカーがあるよ　もちろんビールもね！」
彼女は笑って「ちゃんとしたおかずもあるわ！　料理するから　でも
　少しの時間待つのよ　そう少しの時間ね」
――風は時間の緊張の薄化粧しながら夜の色香を運び出す

「ハ、ハイ。ウーン、ア〜ア——……私を呼んだ？　ウーン、ウーン、私眠ってたの？　まりちゃん。」

「そうよ。まあヨーコったら大きなアクビ！　時計を見ると、18分ぐらい眠っちゃったみたいね。」

「肩にハンテン掛かってる。まりちゃん優しいなあ！　ありがとう。」

「風邪ひかないようにさ——可愛い妹だもん当然よ。」

「ハハハハハ、良いお姉さん持って私は幸せだわ！」

「ウフッ、どういたしまして——」

「どれどれ、今読んでるの見せて——相変わらず二人は熱々じゃん。フンフン今度は映画なんか観に行って、何の映画なのかしら？——まあ！——愛の巣なんか作っちゃって、まあまあ！」

「結婚したんじゃあない？」

「同棲よ、きっと——フランス人がよくやる籍を入れずに結婚生活をするあれよ。」

「そうかも……　でも二人の家族とか周りはこの結婚を祝福しているようだよ。」

「隅に置けないわね……」

「別に私はいいとは思うけど、それでも。うん！」

「良い、悪いのこと言ってんじゃあないのよ。フフフ。」

「ねえ、どんな新婚生活なんだろ？……」
「ちょっとちょっとまりちゃん何言い出すの、他人の結婚生活覗いてどうするのよ。それも新婚ホヤホヤの二人を……」
「誰も覗き見するなんて言ってないでしょう。ただ二人がどんなにか幸せだろうかと！　私嬉しくて、その二人の幸せな姿をちょこっと見たかっただけよ。」
「ふう〜ん、まりちゃんらしい気持ち。うんうん。」
「二人でどんな顔し合って話してるんだろう？　何て呼び合ってるんだろ？　ウフウフ。」
「ホホホ――でももうここからは、生娘のまりちゃんには目の毒よ！見ない方がいい。」
「やだー何言ってんの、私の方が年上で姉よ。妹にそんな事言われる筋合いはないわよ。私を幾つだと思ってるの……」
「姉貴はしっかりバージン。いくら私がハタチそこそこでも私は危うく辛うじてバージン。キスも一回や二回じゃあなくてよ。――今はフリーだけど、何人も元彼はいるんだもーん。」
「わ！　言ったなー、私だって今に……」
「今に何よ？　ハッハー、私だって今に何よ？」
「もーコノー。」
「わあーくすぐったーい、ヒイヒイ許してーごめんちゃーい！」
「私だって今に一回で、あなたのこれまでのどの彼よりも素敵な彼氏見つけて恋をするんだから――」

「そ、そうよーお姉様は大器晩成型なのよー」

「大器はおかしいじゃろ。晩成だけでいい、いやそれも違う。私のことを奥手と言いたいのであろう。クフフフフ！」

「流石はお姉様、お姉様は恋の奥手でございます。今にきっと素晴らしい……」

「ハハハハハ、無理せんで、ヨーコちゃん。——何の話してたんだっけ？」

「ウフッ、まりちゃんには目の毒と——」

「何が目の毒じゃ……すばしっこい！　そんな所に隠れて、猫か、もうコチョコチョくすぐらんからこっちおいで——」

「ハーイ」

「そうそう、ねえヨーコちゃん、ここのでもよかったって何のこと言ってると思う？」

「どれどれどれみれど、まあここね？」

「うん、そう。気になるわ。」

「あーこれね。映画観た後帰りの繁華街で、ジェラート（アイスクリーム）食べれて良かったって言ってるんじゃない。そこのアイスクリーム美味しいって評判の店だったのよ。」

「フッフフ、呆れた！　真面目な顔してよくそんな……んな事言ってへんわ！」

「ハハハ、二人の間の事よ。推測の範囲から出ないもーん。」

「そうだね。まあ何であろうと私達は温かい目で、うん！　二人を見守ろう。決して邪魔をしないでね。そうよね、ヨーコちゃん。」

「わ！　まりちゃん大人。偉い！　ヒューヒュー。」

「ウフフ、そらそうよ。私はあなたの姉ですもの！　ハハハハハ。」

「そうよ。とっても素敵なお姉様よ!!……」

「ヨーコちゃん、おなか空いた？」

「うん。何か食べるものあるの？」

まりはニコッと笑みを口元に見せウインクした――

「私んとこにもねチーズにクラッカーがあるよ。もちろんビールもね。それからナッツにサラミ、生ハムまでもさ、フフフフ、ワインもあるよ。」

「やったー！　まりちゃん最高!!」

「イヒッ！　でもどちらかコップ一杯だけよ。」

いそいそと、キッチンの方に行くまり――

「簡単な野菜サラダ作るの手伝ってー」

「ハアーイ！」

あとがき

まりと陽子の眼前に怪しい黒猫が突然現れたところまでを、数年程前にたまたまちょこっとなんとなく書いてみたのですが、その続きが気になり、その続きがどうなるのか知りたくなって、後日少し書き足したのです。するとまたその後物語展開がどうなるのか？——又、絵我まりがどんな人間かもっと知りたい……私自身が物語を読みたい……そう云ったくり返しでこれを書いていました。

それから、地の文が段落や章によって変わりますが、これは意図的なものです。ご了承ください。

題名の「絵我まりの歌」 散文詩風の小説絵我まりの物語と云った感じですが、読まれる方がどう云う風に考えていただいてもいいと思っています。

又、特に女性の読者を意識して書いていますが、性・年齢に拘らず幅広い方々の感想を楽しみにしています。——

本書は、1997年11月に近代文芸社から刊行された北岡政広（著者）の詩集『甘い吐息』に掲載された一部（複数）の詩を引用しています。

著者プロフィール

北岡 政廣（きたおか まさひろ）
大阪府出身、大阪府在住。

絵我まりの歌

2018年３月15日　初版第１刷発行

著　者　北岡 政廣
発行者　瓜谷 綱延
発行所　株式会社文芸社
〒160-0022　東京都新宿区新宿１－10－１
電話　03-5369-3060（代表）
03-5369-2299（販売）

印刷所　株式会社フクイン

ISBN978-4-286-17785-4